文库

钱基博 著

明代文学

江西教育出版社
JIANGXI EDUCATION PUBLISHING HOUSE
·南昌·

图书在版编目（CIP）数据

明代文学 / 钱基博著 . -- 南昌：江西教育出版社，

2022.6

（大家学术文库）

ISBN 978-7-5705-3004-5

Ⅰ.①明… Ⅱ.①钱… Ⅲ.①中国文学－古代文学史

－明代 Ⅳ.① I209.48

中国版本图书馆 CIP 数据核字 (2022) 第 031560 号

明代文学

MINGDAI WENXUE

钱基博　著

江西教育出版社出版

（南昌市抚河北路 291 号　　邮编：330008）

各地新华书店经销

北京长宁印刷有限公司印刷

635 毫米 ×960 毫米　　16 开本　　6.25 印张　　字数 90 千字

2022 年 6 月第 1 版　　2022 年 6 月第 1 次印刷

ISBN 978-7-5705-3004-5

定价：36.00 元

赣教版图书如有印装质量问题，请向我社调换　电话：0791－86710427

投稿邮箱：JXJYCBS@163.com　　电话：0791－86705643

网址：http://www.jxeph.com

赣版权登字 -02-2022-218

"大家学术文库"编者按

　　中国学术，昉自伏羲画卦，至周公制礼作乐而规模始备。其后，王官失守，孔子删述六经，创为私学，是为诸子百家之始。《庄子》曰："道术将为天下裂。"孔子殁后，儒分为八；墨子殁后，墨分为三。诸子周游天下，游说诸侯，皆以起衰救弊、发明学术为务，各国亦以奖励学术、招徕人才为务，遂有田齐稷下学宫之设。商鞅变法，诗书燔而法令明；始皇一统，儒士坑而黔首愚，当此之时，学在官府，以吏为师，先王之学，不绝如缕。至汉高以匹夫起自草泽，诛暴秦，解倒悬，中国学术始获一线生机。其后，汉惠废挟书之律，民间藏书重见天日。孝武之世，董子献"罢黜百家，表彰六经"之策，定六经于一尊。其后，虽有今古之分、儒释之争、汉宋之异、道学心学之别、义理考据之殊，而六经独尊之势，未曾移也。

　　及鸦片战起，国门洞开，欧风美雨，遍于中夏，诚"三千年未有之变局"。当此之时，国人震于列强之船坚炮利，思有以自强；又羡于西人之政教修明，思有以自效。于是有"变法守旧之争""革命改良之争""排满保皇之争"，而我国固有之学术传统，亦因之而起变化。清季罢科举而六经独尊之势蘼，蔡子民废读经而六经独尊之势丧。当此之时，立论有疑古、信古、释古之别，学派有"古史辩"与"学衡"之争，学说有"文学革命""思想革命""文字革命""伦理革命"诸说，师法有"师俄""师日""师西"之分，众说纷纭，莫衷一是，百家争鸣，复见于近代。

民国诸家，为阐明道术、解救时弊，著书立说、授课讲学，其学术思想，历久弥新，至今熠熠生辉，予人启迪。然近人著作，汗牛充栋，多如恒河之沙，使人难免望书兴叹，不知从何下手，穷其一生，亦难以卒读。因此之故，我们特精选最具代表性之近人著作，依次出版，俾读者略窥学术门墙，得进学之阶。此次选辑出版，虽未能穷尽近人学术之精品，难免有遗珠之憾；然能示人以门径，使人借此以知近人学术规模之宏大、体系之完密，亦不失我们编辑出版"大家学术文库"之初衷。

此次出版，为适应今人阅读习惯，提升丛书品质，我们特对所选书籍做了必要之编辑加工，约有如下诸端：

一、改繁体竖排为简体横排；

二、修正淘汰字、异体字，规范标点符号用法，为一些书加新式标点；

三、校改原稿印刷产生之错字、别字、衍字、脱字；

四、凡遇同一书稿中同一人名有两种及以上不同写法者，一律统改为常用写法。

除以上所举四点之外，其余一仍其旧，力求完整保持各书原貌。

然限于编者之有限学力，书中疏漏之处，在所难免，尚祈广大方家、读者诸君不吝批评斧正。

编　者

2022 年 6 月

目　录

自　序

　　自来论文章者，多侈谈汉、魏、唐、宋，而罕及明代！独会稽李慈铭极言明人诗文，超绝宋元恒蹊，而未有勘发。自我观之：中国文学之有明，其如欧洲中世纪之有文艺复兴乎？明太祖开基江淮，以逐胡元，还我河山，用夏变夷，右文稽古，士大夫争自濯磨。而文则奥博排弄，力追秦汉，以矫欧、苏、曾、王之平熟；而宋濂、刘基骅骝开道，以著何、李、王、李之先鞭。诗则雄迈高亮，出入汉、魏、盛唐，以救宋诗之粗硬，革元风之纤浓；而高启、李东阳后先继轨，以为何、李、王、李开山。曲则明太祖导扬高则诚《琵琶》一记，尽洗胡元古鲁兀剌之风，而易之以南词之缠绵顿挫。至八股文，则利禄之途，俗称时文者也。然唐顺之、归有光纵横轶荡，则以古文为时文，力求返虚入浑，积健为雄；虽与诗古文体气不同，而反本修古一也！然则明文学者，实宋元文学之极壬而厌，而汉、魏、盛唐之拔戟复振，弹古调以洗俗响，厌庸肤而求奥衍，体制尽别，归趣无殊。此则仆师心自得，而《明史》序《文苑传》者之所未及知也！顾论文者，则狃桐城家言之绪论，而亟称归氏，妄庸七子。不知明有何、李之复古，以矫唐宋八家之平熟；犹唐有韩、柳之复古，以救汉、魏、六朝之缛靡；有往必复，亦气运之自然！明有唐顺之、归有光辈，振八家之坠绪以与七子相撑拄；不过如唐之有裴度、段文昌等，与韩、柳为异，以扬六朝之颓波耳！而一代文章之正宗，固别有在也！又论者以钱谦益文为秽为杂，此亦拾桐城家之唾余，而不免求全之毁！钱氏以明代文章巨公，而冠逊清《贰臣传》之首，人品自是可议！至于极推欧阳修，以为真得太史公血脉，而下开归氏；又翘归氏以追配唐宋大家，因校刻《震川集》而序之以发其指。然后知桐城家言之治古文，由归氏以踵欧阳而窥太史公；姚鼐遂以归氏上继唐宋八家，而为《古文辞类纂》一书；胥出钱氏之绪论，有以启其途辙也！特其为文章，盛气缛语，错综奇偶，七子之习，澌洗不尽；自与桐城之清真雅淡，而得归氏之洁适者异趣！然以视湘乡曾国藩之为文，从姚鼐入手，而益探源扬、马，复字单谊，杂厕其间，务为厚集其气，使声采炳焕，而戛焉有声者，何必不与钱氏后先同符！钱氏从王、李入，而不从王、李出；湘乡从姚氏入，而不从姚氏出；自出变化，以不姝暖于一先生之言，亦何必此之为是，而彼之为非！然世论不敢薄湘乡，而务集谤于钱氏，多见其不知类也！此与以耳食者何以异！至于谭诗者，则多为朱彝尊《明诗综》所囿，而以钱氏《列朝诗集》为口实。不知朱氏以《明诗综》而诋《列朝诗集》，譬如蠹生于木，还食其木！何者？《列朝诗集》，《明诗综》之底本也，何焯尝恶而揭发之！不过文人矜诞，好谤前辈耳！诗至晚明，钟、谭异军别张，钱氏、朱氏皆所不喜，竟陵遂为谤府。而夷考其实，钟、谭之诗，蹊径别开，薪以幽冷救七子之绚烂，而为秀峭以矫公安之容易，诗道穷而必变，亦如肥鱼大肉，餍饫之过，而不得不思菜羹也！其时出入中晚唐郊、岛、皮、陆之间，么弦侧调，亦有渊源，避熟就生，人自少见多怪耳！要之盛唐李、杜，摹拟势尽，厌故喜新，人情皆然！

王士禛《唐贤三昧集》不取李、杜一首，何尝不与钟、谭所
选《唐诗归》同指！而士禛诗为秀丽疏朗，钟、谭出以幽深
孤峭，皆欲以偏师制胜；或诋钟、谭格局未完，雕镵愈工，
不知真气弥伤；然士禛缥缈取神，风华富有，亦病性情不真；
而一尸亡国之大诟，一为盛世之元音，岂非所遭之时有幸不
幸耶！仆怀此久，未有以发；商务印书馆主人属为撰论，用
布所蓄，以俟论定。而读《四库提要》著录明人诗文集，睹
记所及，每有寻声逐响之谈，并为随事举正以著于篇。

中华民国二十二年六月三日，无锡钱基博

第一章

文

第一节　总论

近代文学之有明，如近古文学之有唐；盖承前代文学之极王而厌以别开风气者也。明有何景明、李梦阳之复古以矫唐宋八家之庸懦，犹唐有韩愈、柳宗元之复古以救汉魏六朝之缛靡。唐有裴度、段文昌等扬六朝之颓波；亦与明有唐顺之、归有光辈振八家之坠绪，仿佛差似。大抵宋元以来，文以平正雅驯为宗，其究渐流于庸肤；庸肤之极，不得不变而求奥衍。何、李之起，文以沉博奥峭为尚，其极渐流于虚恀；虚恀之过，不得不返而求平实。一张一弛，盖理势之自然。然汉魏之声，由此高论于后世，而与韩、欧争长；唐宋之文运，于是乎变！迁流以至晚明。钱谦益、艾南英准北宋之矩矱；张溥、陈子龙撷东汉之芳华，旗鼓相当，亦斐有文！明文源流，大抵如此。今博考诸家之集，参以众论，录其著者。

第二节 杨维桢 宋濂 刘基

明太祖起自畎亩，开国文臣，首称金华宋濂字景濂；次则青田刘基字伯温。而会稽铁崖杨维桢字廉夫，独以前朝老文学，厚币安车，白衣宣至白衣还；士论高之，有大名！诗坛一时之雄，号铁崖体；其为诗以奇诡兀臬，自辟町畦；而文则文从字顺，演迤澄泓，传有《东维子文集》三十一卷，附录一卷（《四部丛刊》影印江南图书馆藏鸣野山房钞本），其中文二十八卷。维桢遨嬉同尘，而自谓无所浼于世；著《竹夫人传》以见志曰：

> 夫人，竹氏，名茹，字珍珑，自号抱节君。其先为孤竹君之子曰智，谏武王伐纣，不听；遂不食周粟，饿于首阳山；且死，以其族告曰："吾不食死！百年后，当有不食饮者为吾女氏，以救世之浊热！然未尝如锁子妇之隳其节也！"越若干世，为宋之元祐年，果生夫人。夫人生而瘠如箧器，成将作匠之罗织；巧慧其中，玲珑空洞无他肠；又善滑稽圆转；虽与人狎，其情邈，亦如木偶氏。诮夫人者无蠡斯分；而善之者，则无内荒长舌之祸也！尝见聘赵氏子，充家奴，畜之。豫章黄太史庭坚闻其人，作诗雪之，以为："憩臂体膝，辱夫人；而况又奴之乎！"夫人亦犯而不校。夫人自以家世素青节，终耻屈身于人；铅华眉黛，弗之御矣；荆钗棘簪之微，一皆弃斥。而王后嫔妃下至公卿百执事，无不器重之；召亦无不往；然所在抱节，终身未尝少污其洁。先是得长生久视术于羿娥氏，用能辟谷导引以应鼻祖氏之言。其踪迹诡秘，当炎而出，方秋节遁去，或谓尸解，不知其终！
>
> 史氏曰：庄周称："姑射山有神人，肌肤若冰雪，绰约若处子。"夫人岂其流亚欤？惟其辟谷不食饮，故老不死，人疑为女仙。后人有见于葛陂者，与壶丈人同蜕去云。

其辞坦迤，绝无雕藻淫艳之态。顾名高而毁至。嘉定王彝至作《文妖》一篇以相诋诽，谓："观其文，以淫词谲语，裂仁义，反名实，浊乱先王之道；顾乃柔曼倾衍，黛绿朱白，奄然以自媚。"亦可谓毁出于不虞者矣！而观维桢之为《鹿皮子文集序》曰："言有高而弗当，义有奥而弗通，若是者，后世有传焉？无有也。又况言庞而弗律，义淫而无轨者乎？"因历举唐人卢殷、李础、樊绍述之言庞义淫；则亦非欲"以淫词谲语，裂仁义，反名实，浊乱先王之道"者也！然宋濂志其墓，谓"非先秦、两汉弗之学，久与俱化，见诸论撰，如睹商敦周彝，云雷成文，而寒光横逸，夺人目睛"；则亦过情之誉矣！要其志在力驾宋人而卒未能力破宋人之藩篱，气畅而词适，亦不堕恶道；故与宋濂同其冲融清遒夷犹耳！惟维桢词笔瘦挺，而濂则才章富健，则又不同。

元末文章以浦阳吴莱字立夫、浦江柳贯字道传、金华黄溍字晋卿为一朝之后劲。而濂初从莱学，又学于贯与溍，其授受具有源流。自少至老，未尝一日去书卷，于学无所不通，下笔缅缅不能自休；及事明太祖，在朝郊社宗庙山川百神之典，朝会、宴享、律历、衣冠之制，四裔贡赋赏劳之仪，旁及元勋巨卿碑记刻石之辞，咸以委濂，屡推为开国文臣之首。士大夫造门乞文者，后先相踵。外国贡使亦知其名，每问宋先生无恙。高丽、安南、日本至出兼金购文集。修《元史》，充总裁官，累官翰林院学士；四方学者悉称为太史公，不以姓氏。为文章醇深演迤，而乏裁剪之功；体流沿而不返，词枝蔓而不修，此其短也！吴莱恃气纵横，笔情闳肆；论者谓他人患其浅陋，而莱独患其宏博！濂则得法于莱，而以才多为累，亦与同讥。惟莱雄崭矫举而失之矜张，濂则敷腴朗畅而不免冗芜；顾笔力遒足以自振，故不以冗芜为病。传有《宋学士文集》七十五卷（《四部丛刊》影印明正德间张潪刻本，内分《銮坡集》即《翰苑前集》《翰苑后集》，又《翰苑续集》《翰苑别集》《芝园集》《芝园后集》《朝京稿》），又《宋文宪全集》五十三卷，卷首四卷（清嘉庆间严荣刻本）。其为《竹溪逸民传》曰：

> 竹溪逸民者，幼治经，长诵百家言，造文蔚茂喜驰骋，声闻烨烨起荐绅间，意功名可以赤手致；忽抵掌于几曰："人生百岁，能几旦暮！所难遂者适意尔！他尚何恤哉？"乃戴青霞冠，披白鹿裘，不复与尘事接。所居近大溪，篁竹脩脩然生。当明月高照，水光激滟，共月争清辉。逸民辄腰短箫，乘小舫，荡漾空明中；箫声挟秋气为豪，直入无际，宛转若龙鸣深泓，绝可听。箫已，逸民叩舷歌曰："吹玉箫兮弄明月。明月照兮头成雪！头成雪兮将奈何！白沤起兮冲素波。"人见之，叹曰："是诚世外人也！欲常见且不可得！况狎而近之乎？"性嗜菊，种之满园，顾视若孩婴；黄花一开，独引觞对酌，日入不倦。人让其留物。怒曰："举世无知我！知我惟此花尔！一息自怡，尚可谓滞于物耶！"复爱梅；梅朵绿萼微吐，赤脚踏雪中若温，见辄凝视，移时目不瞬，且大言曰："知我者惟菊；菊已谢我去，幸汝梅继之！汝梅脱又谢我去，我当上白鹤山采五芝耳！"白鹤山盖溪上诸峰云。逸民年五十，益恬泊无所系；间私谓其友曰："吾于世味愈孤矣！将渔于山樵于水矣！"其友疑其诞。逸民曰："樵于水，志岂在薪？渔于山，志岂在鱼？是无所利也；无所利，乐矣！子以予果滞于梅与菊耶？"君子以其语近道，有类于古隐者，相与传其事，逸民所未尝言，则无从知之矣！逸民，陈姓，洄其名，乌伤人。
>
> 史官曰：昔者李白与孔巢父等六人隐居徂徕山，世仰之以为不可狎近，因号为竹溪六逸。寥寥七百年后，而逸民亦以竹溪自名，若出一辙；岂闻风而兴起欤？纵曰其地或殊，人之众独有异；高风绝尘，照映后先，其安有不同者欤？士之沉酣声利而弗返者，盖亦知所自警欤！夫自范蔚宗著《后汉书》以隐逸登诸史传，历代取法而莫之废者，其意又岂无所激欤？虽然，逸民之自为则善矣！

或以濂一代文宗，比之宋之有欧阳修，而文章实非其伦！欧阳态有余妍，而出之容与闲易。濂则笔无剩肆，而好为纵横驰骤。欧裕于养；濂逞其才。刘基负气甚豪。明太祖尝以文学之臣为问。基对曰："当今文章第一，舆论所属，实在翰林学士臣濂！其次臣基，不敢他有所让，又次则太常丞臣孟兼。"孟兼，张氏，名丁，以字行，浦江人，传有《白石山房逸稿》二卷（南京龙蟠里图书馆藏有钞本）；其诗文温雅清丽，而奇气烨然，不可掩抑，亦以追踪于濂；宜基有以亟称之也！

基雄迈有奇气，而濂自命儒者。然基炼气入道，而不为濂之泛滥；又造辞欲洁，亦不如濂之曼衍。濂蛟腾凤起，其文赡。基剑气珠光，其辞峭。清臣修《明史·基传》称："基所为文章，气昌而奇。"奇则有之，昌非所尚！而《四库全书提要》则曰："濂文雍容浑穆，如天闲良骥，鱼鱼雅雅，自中节度；基文神锋四出，如千金骏足，飞腾飘瞥，蓦涧注坡；虽皆极天下之选，而以德以力，则有间矣。"此亦似是而非之论！其实濂闳放若有余肆，差似雍容，未为浑穆。而基则敛抑如恐绝尘，自中节度，岂欲飞腾。一肆一道，其大较也。基博通古今，文章精卓；传有《诚意伯刘文成公文集》二十卷（《四部丛刊》影印明隆庆壬申刻本，又清乾隆丙子刻本）；其中《郁离子》二卷，杂文六卷。而《郁离子》者，在元季屏居青田山时所著之书，发愤而有作，正名察治，托物取譬，以自命一家言者也。其辞曰：

> 楚太子以梧桐之实养枭而冀其凤鸣焉。春申君曰："是枭也，生而殊性，不可易也！食何与焉！"朱英闻之，谓春申君曰："君知枭之不可以食易其性而为凤矣；而君之门下，无非狗偷、鼠窃、亡赖之人也，而君宠荣之，食之以玉食，荐之以珠履；将望之以国士之报。以臣观之，亦何异乎以梧桐之食养枭而冀其凤鸣也？"春申君不寤，卒为李园所杀；而门下之士无一人能报者！（《千里马》篇）
>
> 郁离子曰："豺之智，其出于庶兽者乎！呜呼！岂独兽哉！

人之无知也，亦不如之矣！故豹之力，非虎敌也；而独见焉则避；及其朋之来，则相与犄角之。尽虎之力，得一豹焉；未暇顾其后也，而犄之者至矣；虎虽猛，其奚以当之！长平之役，以四十万之众，投戈甲而受死；惟其知之不如豹而已！"（《鲁般》篇）

　　瓠里子自吴归粤。相国使人送之。曰："使自择官舟以渡。"送者未至；于是舟泊于浒者以千数；瓠里子欲择之而不能识。送者至；问之曰："舟若是多也；恶乎择？"对曰："甚易也！但视其敝蓬折橹而破骳者，即官舟也！"从而得之。瓠里子仰天叹曰："今之治政，其亦以民为官民欤？则爱之者鲜矣！宜其敝也！"（《灵丘丈人》篇）

　　楚有养狙以为生者，楚人谓之狙公。旦日必部分众狙于庭，使老狙率以之山中，求草木之实，赋什一以自奉；或不给，则加鞭箠焉。群狙皆畏苦之，弗取违也！一日，有小狙谓众狙曰："山之果，公所树欤？"曰："否也！天生也！"曰："非公不得而取欤？"曰："否也！皆得而取也！"曰："然则吾何假于彼而为之役乎？"言未既，众狙皆寤。其夕，相与伺狙公之寝，破栅毁柙，取其积相携而入于林中，不复归。狙公卒馁而死。郁离子曰："世有以术使民而无道揆者，其如狙公乎！惟其昏而未觉也！一旦有开之，其术穷矣！"（《瞽聩》篇）

　　孽摇之虚有鸟焉，一身而九头；得食则八头皆争，呀然而相衔，洒血飞毛，食不得入咽，而九头皆伤。海凫观而笑之曰："胡不思九口之食同归于一腹乎！而奚其争也！"（《省敌》篇）

辞谲而义贞，指小而喻大。其他《九难》放《七发》，遒丽得枚乘之体；会稽山水诸记，幽秀有柳州之意；其音清越，殊胜濂也！义乌王祎字子充，与濂偕总裁修《元史》。太祖谓濂曰："浙东人才，惟卿与王祎。才思之雄，祎不如卿。学问之博，卿不如祎。"传有《王忠文公集》二十四卷（南京龙蟠里图书馆藏有明万历刊本）。而濂为之序，称："其文凡三变：初年所作，幅程广而运化宏。壮年出游之后，气象益以沉雄。暨四十以后，乃浑然天成，条理不爽。"则亦服袆之深矣！袆尝荐天台徐一夔字大章者同修《元史》。一夔不出，而有《与袆论修史书》；诵者称其有鉴裁。传有《始丰稿》十四卷（南京龙蟠里图书馆藏有钞配明初刻本）。又濂乡人胡翰字仲子，从吴莱学，与濂同门；其文亦为黄溍、柳贯所称；传有《胡仲子集》十卷（南京龙蟠里图书馆藏有明洪武刻本），其中文九卷，持论多切世用，文章与宋濂、王袆相上下。而濂独亟苏平仲，以为不求似古人，而未尝不似也！平仲，名伯衡，亦濂乡人。濂以翰林学士承旨致仕。太祖问代者。濂对曰："臣乡人苏伯衡学博行修，文词蔚赡有法。"传有《苏平仲集》十六卷（《四部丛刊》影印明正统壬戌本）；而濂序其书曰："精博而不龃涩。敷腴而不苛缛。"盖文章蹊径与濂同；故相契合如此。而濂与基，皆不安为宋人之文。明之有濂、基以开何、李之复古，犹唐之有燕（张说）、许（苏颋）以为韩、柳之前茅也。

第三节 方孝孺

宁海方孝孺，字希直，一字希古，从宋濂学；濂门下知名士皆出其下。先辈胡翰、苏伯衡亦自谓弗如！孝孺顾末视文艺，恒以明王道，致太平为己任；欲以驾轶汉、唐，锐复三代；而毅然自命之气，发扬蹈厉，时露于笔墨之间；其文章纵横豪放，颇出入南北宋苏轼、陈亮之间；与濂同其赡肆，而不同其枝碎。濂宏博而不免缓散；所病在取径太阔大，遣词太繁缛，未能浑灏流转；故不知孝孺之直抒欲言，纵笔所之，疏快成片段也！传有《逊志斋集》二十四卷（《四部丛刊》影印明嘉靖辛酉刻本）；感物写怀，每有悲天悯人之意。录《蚊对》曰：

> 天台生困暑，夜卧缔帷中；童子持翣飏于前，适甚，就睡；久之，童子亦睡，投翣倚床，其音如雷。生惊寤以为风雨且至也！抱膝而坐；俄而耳旁闻有飞鸣声，如歌如诉，如怨如慕，拂肱刺肉，扑股嘬面，毛发尽竖，肌肉欲颤；两手交拍，掌湿如汗，引而嗅之，赤血腥然！大愕不知所为，蹴童予，呼曰："吾为物所苦，亟起索烛照。"烛至，缔帷尽张；蚊数千皆集帷旁，见烛乱散，如蚁如蝇，利嘴饫腹，充赤圆红。生骂童子曰："此非嘬吾血者耶！皆尔不谨，褰帷而放之入！且彼异类也，防之苟至，乌能为人害！"童子拔蒿束之，置火于端，其烟勃郁，左麾右旋，绕床数匝，逐蚊出门，复于生曰："可以寝矣！蚊已去矣！"生乃拂席将寝，呼天而叹曰："天胡产此微物而毒人乎！"童子闻之，哑尔笑曰："子何待己之太厚，而尤天之太固也！夫覆载之间，二气絪缊，赋形受质，人物是分。大之为犀象，怪之为蛟龙，暴之为虎豹，驯之为麋鹿与庸狨，羽毛而为禽，裸身而为人为虫，莫不皆有所养；虽巨细修短之不同，然寓形于其中则一也。自我而观之，则人贵而物贱。自天地而观之，果孰贵而孰贱耶？今人乃自贵其贵，号为长雄；水陆之物，有生之类，莫不高罗而卑冈，山贡而海供；蛙黾莫逃其命；鸿雁莫匿其踪；其食乎物者，可谓泰矣！而物独不可食于人耶？兹夕蚊一举嗥，即号天而诉之。使物为人所食者，亦皆呼号告于天则天之罚人，又当何如耶！且物之食于人，人之食于物，异类也；犹可言也！而蚊且犹畏谨恐惧，白昼不敢露其形，瞰人之不见，乘人之困怠，而后有求焉！今有同类者，啜粟而饮汤同，畜妻而育子同也；衣冠仪貌，无不同者；白昼俨然乘其同类之间而陵之，吮其膏而蓝其脑；使其俄踣于草野，离流于道路，呼天之声相接也，而且无恤之者！今子一为蚊所嘬，而寝辄不安；闻同类之相嘬而若无闻；岂君子先人后身之道耶？"天台生于是投枕于地，叩心太息，披衣出户，坐以终夕！

顿挫浏亮，一洗宋濂冗滞之敝；不得不有出蓝之誉也！孝孺既以不事成祖诛死；其文章亦禁不行，门人王稔藏遗稿，宣德（宣宗年号）间始稍传播，原本凡三十卷，拾遗十卷，附录一卷，乃黄孔昭、谢铎所编。世所传二十四卷本，则正德（武宗年号）中，顾璘守台州时所重刊也！吉水解缙，字大绅，与孝孺同辈，而才气放逸，下笔不能自休；当时有才子之目；迄今委巷流传其少年宿慧诸事，多鄙诞不经：传有《解学士文集》十卷（南京龙蟠里图书馆藏有明嘉靖刻本）；其奏议如《大庖西封事》《白李善长冤》诸篇，俱明白剀切，有孝孺之风。大抵宋濂、刘基，饱更世难，其辞敛，其意深。缙及孝孺新进用事，其文激，其气锐。

第四节　杨士奇　杨溥

太祖之世，运当开国，多峭健雄博之文。成祖而后，太平日久，为台阁雍容之作。作者递兴，皆冲融演迤，不矜才气；而泰和杨士奇名寓（以字行），建安杨荣字勉仁，石首杨溥字弘济，并世当国，历相仁宗、宣宗、英宗三朝，黼黻承平；中外翕然称三杨；推士奇文章特优，一时制诰碑版，出其手者为多！仁宗雅好欧阳修文。士奇文平正纡余，时论称其仿佛。后来馆阁著作，沿为流派；所谓台阁体是也；传有《东里全集》九十卷，别集四卷（南京龙蟠里图书馆中藏有明天顺刊本）。录《沈学士墓碑》曰：

呜呼！此吾友翰林学士沈公之墓！沈世家松江华亭。大考讳德辉，尝为郡史，平反冤狱百数十人；乡称长者！妣宋氏。考讳易，仕为谘议参军，无几，弃官养亲，而授徒里中，惇行伦谊，集《五伦诗》以教学者；而甘贫乐义，人号苦节先生。妣顾氏，有善德。二子：长即公讳度，字民则。次粲，字民望。公天资温雅敦实；自幼嗜学，博涉经史；洪武中，郡邑交举文学，弗就；坐累谪云南，跋涉万里，处患难，其中裕然！时同谪者多名人，率于公交。达官重帅，争欲迎致公馆下。岷王具礼币聘之；既至，屡进直言，居无几，辞去。都督瞿能知贤下士，延于家塾为弟子师，旦暮躬请益焉；其入京师也，以公偕行。时太宗皇帝初临御，命翰林举贤才。今礼部尚书江陵杨公为编修，以公名上，擢翰林典籍。方时，制敕填委，既视草，学士以下，率分书之。上独览公书称善。一时翰林善书，如解大绅之真行草，胡光大之行草，滕用亨之篆八分，王汝玉、梁用行之真，杨文遇之行，皆知名当世；而解及公之书，独为上所爱。凡玉册金简，用之宗庙朝廷，藏秘府，施四裔，刻诸贞石，传于后世，一切大制作，必命公书。公之书婉丽飘逸，雍容矩度，兼篆八分；八分尤高古，浑然汉意；而日侍清密无间，赏赐二品金织衣，新制象笏镂公氏名，涂金以赐；以其弟与子皆善书，皆官之近侍；父子兄弟，并荣于朝。古今以书遭承宠遇，莫或加公！书盖公一艺耳！为文章，尚兴致，平淡雅则，不为浮靡。事上必尽诚，被顾问必以正对。由典籍升检讨，复升修撰，遂升侍讲学士奉直大夫。仁宗皇帝赐诰命，进协正庶尹；赠其考奉直大夫协正庶尹，输林侍讲学士；其妣宜人；予诰归焚黄，赐钞给驿传。宣宗皇帝临御，进翰林学士，奉政大夫。年逾七十，再上章乞致仕归，不听。公事亲孝，与弟粲友爱相笃终身；与人交，久益敬。为人贞静不苟附。初入翰林，乡人有为大宗伯者，得君有气势赫赫；朝士杀进者日奔走其门；公以故旧独自守，朱尝轻造；间或邀公，辄以礼辞；士论高之！闲暇，闭户焚香，鸣琴赋诗以自乐；人号自乐先生。襟宇澄澹，风韵萧散，所好惟载籍法书，名画古器，自题其齐居曰乐琴书处；杂列花卉奇石；高人韵士至，必具觞酌，或吟或弈，意度翛然。所作诗文有《滇南稿》《随笔录》《西清余暇自乐稿》，藏于家。年七十有八。一日微疾，犹作《和王行俭詹事小洞天词》，明日捐馆，宣德甲寅十月二十二日也！讣闻，上遣礼部郎中陈谟赐祭，给驿舟归丧，命有司营葬。元配顾，赠宜人。继陈。子二：芹，先十五年卒。藻，中书舍人，升右大理寺副。孙男二：潮，秀敏好学，先十年卒。次源。女三：长归俞珙。余在室。曾孙男一。士奇与公同入翰林，相交三十有三年，最相得；其殁也，盖哭之恸！于是粲及藻求予表墓。予忍以衰朽而忘情老友哉！敬为之表。

遣言措意，切近的当；然遽以拟欧阳修。亦似少过！欧阳气逸韵流，意态无穷。士奇言尽而意止，趣味不长。只是纡徐委备，无艰难劳苦之态，所以得欧阳之仿佛；然亦以启冗弱之病！欧阳意有余于词，故耐咀味，士奇词或饶于意，不免芜弱也！杨荣与士奇同主一代之文柄，而传有《杨文敏集》二十五卷（南京龙蟠里图书馆藏有明正统刻本）。其文章雍容平易，体格与士奇略同。虽无深湛幽渺之思，纵横驰骤之才，足以震耀一世；而逶迤有度，醇实不炫。其他永嘉黄淮，字宗豫，有《省愆集》二卷（南京龙蟠里图书馆藏有明正统刊本）。新淦金幼孜名善（以字行），有《金文靖集》十卷（南京龙蟠里图书馆藏有明弘治间刻本）。春容雅步，颇亦肩随。盖其时天下康乐，故廊庙赓飏，具有气象，操觚者亦不知也！独杨溥以弘识雅操骖驾三杨，而刻意遒古，力摹昌黎；而不以文名，其集亦不传。睹所为《承恩堂记》曰：

> 皇上嗣登天宝，嘉念苍生，期底雍熙，图任老成人，弥纶治化；少师吏部尚书蹇公实为之冠！宣德七年秋，诏有司，若曰："予有辅臣，粤自先朝，伟著德望，暨于今启沃居多！予于庶政咨焉！予于庶官审焉！克允克谐，实惟其人！欲新厥居以称予优礼之意；其绘图以进！"有司明日以图进；弗称。又明日更为图进；弗称。上乃自规画授有司。乃卜地于都城东南，厥位维阳，厥土维刚；董材于肆，厥木维良，厥石维贞，陶瓦维坚；乃卜日之吉鸠工，哀高以平，筑虚以实，引绳缩板，以垣厥周；乃建厥堂，翼之以室；乃辟厥路，重之以门；甓之甃之，涂之沐之，不逾月告成。祀先有庙；礼宾有馆；庖有厨；汲有井；有库有厩，

以储以牧；轮奂咸美，百用具备。复命大臣燕饮以落之，肴核酒
醴，咸出大官。公谓翰林学士杨溥曰："昔晋献文子成室，诸大
夫发焉。当时善颂善祷者见称于君子。子何以语我？"溥不敢以
不敏辞，乃酌而祝曰："惟天佑国家，乃实以贤哲简畀平格，复
锡以寿，若周之毕公，策名文武之世，相成王，相康王，永光周
室。公历四朝，进位师保，享高年，辅圣天子丕隆太平之运。溥
于斯为国家贺！"又酌而祝曰："明盛之世，惠归之德，君子享多
福，而民咸乐其乐，是以锡马蕃庶，昼日三接，乃惟康侯。溥于
斯为天下苍生贺！"又酌而祝曰："福善之报，惟有德于民者为
盛！古昔名臣辅君致治，实功允德，孚达神明，身被光荣，泽流
子孙，与国同久。《诗》曰：'惟其有之，是以似之！'溥于斯为
公贺！"公酌而复曰："圣天子之恩笃不敢忘！子亦可谓善颂者
矣！"谨名其堂曰承恩堂，请书此以为记。

取材结体，摹《诰》范《颂》，有意矜练，又是一格；而与
士奇荣之汗漫演迤者不同。虽出以平实雅淡，而矜持少变
化，光焰不长；然何、李之前轨也！

第五节　李东阳

茶陵李东阳，字宾之，历相孝宗、武宗，工为文章，朝
廷大著作，多出其手。自明兴以来，宰臣以文章领袖缙绅
者，杨士奇后，东阳而已！传有《怀麓堂集》一百卷，其中
文稿六十卷；文章在难易之间，视士奇为刻意，而语未坚
卓；比宋濂稍安闲，而意则肤泛。《明史》以典雅流丽称之，
不免誉非其实。然其为之工者，亦能春容尽意，无矫揉造作
之致；故能继踪士奇而主文章之坛坫。录《甲申十同年图诗
序》曰：

　　《甲申十同年图》一卷，盖吾同年进士之在朝者九人，与南京来朝者一人而十，会于太子太保刑部尚书吴兴闵公朝瑛之第，图焉者也。图分为三曹：自卷首而观：其高颧多髯，鬓强半白，袖手右向而侧坐者，为南京户部尚书公安王公用敬。微须，鬓斑白，耸肩高耸，背若有负而中坐者，为吏部左侍郎泌阳焦公孟阳。微须，多鬓，白毵毵不受栉，面骨棱层起，左向坐，右手持一册，册半启闭者，为礼部右侍郎掌国子祭酒事黄严谢公鸣治。又一曹：微须颟面，笑齿欲露，左手握带，右向而半者，工部尚书郴州曾公克明。虎头方面，大目丰准，须鬓微白而长，右手携牙牌，左握带，中左坐者，闵公也。白须，黎面，面老皱，两手握带，中右坐者，工部右侍郎泰和张公时达。无须，颟面，耸肩袖手而危坐，且左顾者，都察院左都御史浮梁戴公廷珍。又一曹：为户部右侍郎益都陈公廉夫者，面微长且颟，眉浓，发半白，稍右向而坐。为兵部尚书华容刘公时雍者，面微方而长，须鬓皓白，左手握带，右手按膝而中坐。予则面微长而臞，髭数茎，白且尽，中若有隐忧，右手持一卷如授简状，坐而向左，居卷最后者，是也。九人者，皆画工面对手貌，概得其形模意态；惟焦公奉使南国，弗及会，预留其旧所图者而取之，故仅得其半而已。是日谢公倡为诗，吾八人者皆和。焦公归亦和焉。传有之："物之不齐，物之情也。"十者数之成，而亦数之渐。以吾十人者，得之于四十年之余，良不为少！然以二百五十人者，而不能二十之一；则谓之多，亦不可也。以年论之：闵公年七十有四。张公少二岁。曾公又少二岁。谢、焦二公又少一岁。刘、戴、陈、王四公又递少一岁。予于同年为最少，今年五十有七，亦已就衰。追忆曩时之少者壮者，使猝然而逢之，若不相识也！且以地以姓论之，无一同者。以官，则六部之与都察院，其署与职，亦莫能以皆同。盖所谓不齐者如此！然摅志效力，各执其事，以赞扬政化，期弼天下于熙平之域，则未始不同。语有之："人心不同，有如其面。"今固不可以貌论也。又何爵齿族里之足云乎！孔子论成人，以久要不忘为次，而廉知勇艺文之礼乐者为至。兹九人者之才之行，汇征类聚，建功业于天下，固将以大有成。惟予蹇劣无似，方惧名实之不副；而是心也，不敢以相负也。然则今日之会，岂徒为聚散离合，时考而世讲之具哉！唐九老之在香山、宋五老之在睢阳，歌诗宴会，皆出于休退之后。今吾十人者，皆有国事吏责，故其诗于和平优裕之间，犹有思职勤事之意；他日功成身退，各归其乡，顾不得交倡迭和，鸣太平之乐以续前朝故事；则是诗也，未必非寄情寓意之地也。因粹而序之以各藏于其家。闵公名珪，张公名逵，曾公名鉴，谢公名铎，焦公名芳，刘公名大夏，戴公名珊，王公名轼，陈公名清，今各以字举。而余则太子太保户部尚书谨身殿大学士长沙李东阳宾之也。进士举于天顺之八年，会则于弘治十六年癸亥三月二十五日；越翼日，乃序。

意度娴雅，步骤谨严，集中如此者不多见也！好文章，尤奖成后进，推挽才彦，学士大夫出其门者，卒粲然有所成就。而无锡邵宝字二泉，乡试出东阳之门；故其诗文矩度，皆宗法东阳。东阳于其诗文亦极推奖，曾作《信难》一篇以赠，称："其集出入经史，搜罗传记，该括情事，摹写景物，以极其所欲言，而无冗字长语，辛苦不怡之色，若欲进于古之人。"且以欧阳修之知苏轼为比。传有《容春堂集》六十六卷（南京龙蟠里图书馆藏有明嘉靖刻本）。其文边幅少狭而部勒有度，易而不率，畅而不芜，体近东阳而无其末流冗阘肤廓之失；亦卓然以成一家者矣！

第六节　李梦阳　何景明

庆阳李梦阳字献吉，起自穷边，而才思雄骛，卓然以复古自命。弘治时，李东阳以宰相主文柄，翕然为天下宗！梦阳亦尝执贽焉；独讥其萎弱，倡言"文必秦汉，诗必盛唐"，非是者弗道；与何景明、徐祯卿、边贡、康海、王九思、王廷相号"七才子"，而梦阳为之魁；传有《空同集》六十六卷（南京龙蟠里图书馆藏有明万历刊本），盛气矜心，欲驾八家而上之；其文则故作聱牙，范经铸子，以艰深文其浅易。而雄迈之气，足以振啴缓；生撰之句，足以矫平熟；风气鼓荡，观听变易，所谓"虽以无道行之，必可畏也！"录《禹庙碑》曰：

> 李子游于禹庙之台，鉴长河之防，孤城故宫，平沙四漫，退盼故流，北尽碣石，九派泅淋，云草浩浩。于是怆然而悲曰："嗟乎！予于是知王霸之功也！"霸之功骧，久之疑。王之功忘，久之思。昔者禹之治水也，导川为陆，易氿为宁；地以之平，天以之成；去巢就庐，而粒而耕；生生至今者，固其功也，所谓万世永赖者也。然问之耕者弗知，粒者弗知，庐者弗知，陆者弗知。故曰："王之功忘。"譬之天生物而物忘之，泳者忘其川，栖者忘其枝，民者忘其圣人，非忘之也，不知之也；不知自忘。及其畜也，号呼而祈恤，于是智者则指之所从来，而庙者兴矣！河盟津东也，麕旷肆悍，势犹建瓴；限堰一决，数郡鱼鳖。于是昏垫之民，匍匐诣庙，稽首号曰："王在！吾奚役斯！"所谓思也。故不忘不大，不思不深。深莫如地，大莫如王，天之道也！霸者非不功也；然不能使之不忘，而不能使之不疑。何也？不忘者小，小则近，近则浅，浅则疑，如秦穆赐食善马肉者酒是也。夫天下未闻有庙桓文者也！故曰："予观禹庙而知王霸之功也。"或问汤文不庙。李子曰："圣人各有其至；尧仁舜孝，禹功汤义；文王之忠，周公之才，孔子之学，是也。夫功者，切于畜者也。大梁以畜故，是故独庙禹。"是时监察御史澶州王子会按江南，登台四顾，乃亦怆然而悲曰："嗟乎！余于是而知功之言征也！吾少也览，尝蹑州城，眺沧渤，南目大梁之墟，乃今历三河，揽淮泗，极洪流而尽滔滔，使非有神者主之，桑而海者久矣！尚能粒耶！耕耶！庐耶！能氿者宁耶！川者陆耶！嗟乎！予于是而知功之言征也！所谓'微禹吾其鱼'者耶！所谓'美载勤而不德'者耶！"于是饬所司葺其庙，而属李子碑焉。王子，名澋，以嘉靖元年春，按江南，明年秋，代去。乃李子则为迎送神辞三章，俾祭者歌之以侑神焉。其辞曰：

天门兮显辟！赫赫兮云吐！窈黄屋兮陆离！灵总总兮上下！羌若来兮儵不见！不见兮奈何！望美人徒怨苦，横四海兮怒波！絙弦兮铛鼓，神不来兮谁怒！执河伯兮显戮，饬阳侯兮清路。灵霭霭兮来至，风冷冷兮堂户。舞我兮我醑，尸既饱兮颜酡。惠我人兮乃土乃粒，日云暮兮尸奈何！风九河兮涛暮云，曀曀兮昏雨。王驾凤兮骖文鱼，龙翼翼兮两旈。怅佳期兮难屡，心有爱兮易离。爱君兮思君，肴芳兮酒芬！君归来兮庇吾民！

不懈及古，力求拔俗，大率类是！然不免雕琢伤元气，未能浑成天然。杨士奇、李东阳以啴缓见余力，而或懦不能以自振，芜不能以自裁。李梦阳、何景明以生奥得古致，而卒涩不能以自运，格不能以自吐。傥知此之所以得，即征彼之所为失；亦文章得失之林也。

信阳何景明字仲默，与李梦阳俱倡为复古之学。梦阳最雄骏。景明稍后出，相与颉颃。然二人天分各殊，规模不同。梦阳才雄而气盛，故栩张其词。景明虑详而力缓，故敛抑其气。而未脱尽古人畦封以造于浑化则一；斯摹拟之蹊径也！景明传有《大复集》三十八卷（清乾隆间何氏重刻本、咸丰重刻本）。录《师问》曰：

有问于何子者曰："今之师，何如古之师也？"何子曰："古也有师。今也无师。""然则今之所谓师者何称也？"曰："今之所谓师也，非古之所谓师也！其名存，其实亡，故曰无师！"曰："古之师可得闻欤？"曰："古者教之之法，曰性，曰伦。性则仁、义、礼、智、信，是也；伦则君臣、父子、兄弟、长幼、朋友，是也，于是而学焉以由之曰道；学焉以得之曰德；用之而足以举于天下曰业。是故古之师，将以尽性也，明伦也，则其道德而蓄其业也，是谓古之师也。"曰："何谓今之师？"曰："今之师，举业之师也；执经授书，分章截句，属题比类，纂摘简略，剽窃程式，传之口耳，安察心臆，叛圣弃古，以会有司。是故今之师，速化苟就之术，干荣要利之媒也！"曰："师止是二者乎？"

曰："否！不止是也！汉有经师，作训诂以传一家之业者也；君子有尚之。唐宋以来，有诗文师，辨体裁，绳格律，审音响，启辞发藻，较论工鄙，咀嚼齿牙，媚悦耳目者也；然而壮夫犹羞称之！故道德师为上；次有经师；次有诗文师；次有举业师。师而至于举业，其卑而可羞者，未有过焉者也！"曰："然则废举业已乎？"曰："何可废也！今之取士之制也，士进用之阶也！"曰："是既不可废；子何谓其卑而可羞也？"曰："吾所谓卑而可羞者，非其制使然也；师举业者之敝也！古之师之教者，立廉耻之节，守礼义之闲，不重贵富，不羞贫贱，不诎身于威武，不失志于患难，故上乐得人而用之。夫今独不欲得是人用哉！顾以身求之，势为难也，故以言观之；以言观之，故有科举之制；岂逆其师之教弟子之学，乃以为利之门也！"尝见今之为其子弟求师，及其子弟之愿学者，口访耳采；有告之曰："某，高官也！其前，高第也！其举业，则精也！其师之！"于是虽千里从之也！又告之曰："某，未有高官也！未有高第也！其道德则可师也！"于是虽比舍弗从之矣！夫巫医乐工，与凡百工相师法以习其技艺，所以求食也；安有士相师以求食而可为也！此吾所谓卑而可羞者也。曰："若是则何如而可也？"曰："今之举业，所习者，固古圣人之言也；因其言，求其道，修之内而不愿乎其外，达则行之，困则存之；兴斯教也，安知今之师非古之师哉！"问者于是避席曰："今日乃承益我以师之说。"

景明志操耿介，尚节义，鄙荣利，与梦阳并有国士风。两人为诗文，初相得甚欢；名成之后，互相诋諆。梦阳主摹仿，而景明则主创造，各树坚垒不相下。两人交游，亦遂分左右袒。景明之才，本逊梦阳，而其文章闲雅稳称，不如梦阳之奇崛博奥，而亦无梦阳张脉偾兴之敝。然天下语诗文，必并称何、李；又与边贡、徐祯卿并称四杰。边贡，字廷实，历城人，有《华泉集》十四卷；徐祯卿，字昌谷，吴县人，有《迪功集》六卷；皆以诗名，而文非所长！七子之中，惟武功康海字德涵文章岸异，何景明异厥驱迈，李梦阳谢其雄浑，笔力夭矫，有《对山集》十卷；其拟《廷臣论宁夏事状》及《铸钱论》诸篇，尤洞爽轩辟，称心而谈，虽不如梦阳之遒炼；然其逸气往来，翛然自异；固在梦阳之割剥秦汉者上也！鄠县王九思，字敬夫，有《渼陂集》十六卷，自序称"始为翰林时，诗学靡丽，文体萎弱，其后德涵、献吉导予易其习。献吉改正予诗稿，而文由德涵改正者尤多"云云。诗体文格，差得二人仿佛。然诗之富健，不及梦阳。文之粗率，尤甚于海。虎贲貌似，无足贵尔！仪封王廷相，字子衡，传有《王氏家藏集》六十八卷，其诗文列名七子之中，而轨辙相循，亦不出北地信阳门户云。

第七节　王守仁　杨慎

何、李复古之声既高，天下从风而靡，以艰深钩棘，相与剽剥古人，求附坛坫。而于时有大儒出焉，曰余姚王守仁字伯安，特以致良知绍述宋儒象山陆氏之学；而发为文章，缘笔起趣，明白透快，原本苏轼；上同杨士奇、李东阳之容易，而力裁其冗滥；下开唐顺之、归有光之宽衍，而不强立间架。初与李、何诸人倡和，后大有所悟，断然弃去；社中人皆深惜之；曰："学如韩、柳，不过文人；辞如李、杜，不过诗人；惟志心性之学，以颜、闵为期者，乃人间第一等德业也。"身系风气之中，而文在风气以外，直抒胸臆，沛然有余，不斤斤于格律法度之间；而不支不蔓，称心出之，傥亦致良知之形诸文章者耶！传有《王文成全书》三十八卷（《四部丛刊》影印明隆庆间谢廷杰刻本、清光绪间浙江书局刻本），其中文录五卷，别录十卷，录《寄杨邃庵阁老书》曰：

前日尝奉启,计上达。自明公进秉机密,天下士夫忻忻然动颜相庆,皆为太平可立致矣!门下鄙生独切生忧,以为犹甚难也!亨屯倾否,当今之时,舍明公无可以望者;则明公虽欲逃避乎此,将亦有所不能!然而万斛之舵,操之非一手;则缓急折旋,岂能尽如己意。临事不得专操舟之权,而偾事乃与同覆舟之罪;此鄙生之所谓难也!夫不专其权,而漫同其罪,则莫若预逃其任;然在明公,亦既不能逃矣!逃之不能,专又不得,则莫若求避其罪;然在明公,亦终不得避矣!天下之事,果遂卒无所为欤?夫惟身任天下之祸,然后能操天下之权。操天下之权,然后能济天下之患。当其权之未得也,其致之甚难;而其归之也,则操之甚易。万斛之舵,平时从而争操之者,以利存焉!一旦风涛颠沛,变起不测,众方皇惑震丧,救死不遑,而谁复与争操乎?于是起而专之;众将恃以无恐,而事因以济;苟亦从而委靡焉,固沦胥以溺矣!故曰:"其归之也,则操之甚易"者,此也。古之君子,洞物情之向背而握其机,察阴阳之消长以乘其运;是以动必有成而吉无不利;伊、旦之于商周,是矣!其在汉唐,盖亦庶几乎此者;虽其学术有所不逮,然亦足以定国本而安社稷;则亦断非后世偷生苟免者之所能也!夫权者,天下之大利大害也;小人窃之以成其恶,君子用之以济其善,固君子之不可一日去,小人之不可一日有者也。欲济天下之难,而不操之以权,是犹倒持太阿而授人以柄,希不割矣!故君子之致权也有道;本之至诚以立其德;植之善类以多其辅;示之以无不容之量以安其情;扩之以无所竞之心以平其气;昭之以不可夺之节以端其向;神之以不可测之机以摄其奸;形之以必可赖之智以收其望;坦然为之下以上之;退然为之后以先之;是以功盖天下而莫之嫉,善利万物而莫与争。此皆明公之能事,素所蓄而有者。惟在仓卒之际,身任天下之祸,决起而操之耳!夫身任天下之祸,岂君子之得已哉!既当其任,知天下之祸将终不能免也,则身任之而已;身任之,而后可以免于天下之祸。小人不知祸之不可以幸免,而百诡以求脱;遂致酿成大祸,而己亦卒不能免。故任祸者,惟忠诚忧国之君子能之;而小人不能也!某受知门下,不能效一得之愚以为报;献其芹曝,惟鉴其忧悃而悯其所不逮,幸甚!

守仁未讲学时，先与同辈学作诗文；故讲学之后，其往来论学书及奏疏，皆纡徐委备，如晓事人语，洞澈中边；虽识见之高，学力之到；然其得力，未始不在少年时一番简练揣摩也！《寄杨邃庵阁老书》，集中题下注癸未；按年谱，为嘉靖二年，守仁五十二岁作；条达疏畅，如水到渠成，自然洄澜；所谓"文章老更成"也。而其早年之作，亦有摹拟为古，未臻于浑化者。如《黄楼夜涛赋》文尾署弘治甲子，为弘治十七年，时守仁三十三岁。而《卧马塚记》《宾阳堂记》《重修月潭寺建公馆记》《玩易窝记》诸篇，题下注戊辰，则正德三年，守仁三十七岁。是时学道未成，而刻意为文，吐词命意，力求道古；想与何、李为声气之求耶？然气疏以达，不如梦阳之矜重；而亦无其僻涩聱牙之病。简练醇雅，波澜气焰，未极俶奇伟丽之观；而春容尔雅，无艰难劳苦之态；条达疏畅，故天性也！至《浚河记》题下注乙酉，为嘉靖四年，守仁五十四岁时作；亦简练以为古者；然抑遏蔽掩，敛气为劲，亦与梦阳之叫嚣恣肆者不同。然故集中之别出机杼者矣！余故特表而出之。

与何、李诸子交游接席，而文章不在声气之中者；曰王守仁，曰新都杨慎字用修。然慎与守仁蹊径亦不同。守仁春容疏快，体出宋人，于杨士奇、李东阳为近；而不同杨、李之庸肤。慎则博奥奇丽，推本秦汉，与何景明、李梦阳略同；而不为何、李之僻涩。盖皆卓然有以自树立于斯文绝续之会，而不苟徇风气，亦不故为违异者也。慎幼警敏，十一岁能诗，十二岁拟作《古战场文过秦论》，长老惊异；入京赋《黄叶诗》，李东阳见而嗟赏，令受业门下；而文章肆力于古，不落东阳窠臼；传有《升庵集》八十一卷（南京龙蟠里图书馆藏有明万历刻本，又有乾隆六十年养拙山房重刻本）。明世记诵之博，著作之富，推慎为第一！然论说考证，往往

恃其强识，不及检核原书；而恃气求胜，证佐不足，辄造古
书以实之；因搜考妇人弓足，遂造《汉杂事秘辛》，以为起
于后汉也。其文曰：

　　建和元年四月丁亥，保林吴姁以丙戌诏书下中常侍超曰：
"朕闻河洲窈窕，明辟思服。择贤作俪，隆代所先。故大将军乘
氏忠侯商所遗少女，有贞静之德，流闻禁掖。其与姁并诣商第，
周视动止，审悉幽隐，其毋讳匿。朕将采焉。"姁即与超以诏书
趋诣商第。第内讙噪，食时，商女女莹从中阁细步到寝。姁与超
如诏书周视动止，俱合法相。超留外舍；姁以诏书如莹燕处，屏
斥接侍，闭中阁子。时日晷薄辰，穿照曛窗，光送著莹面上，如
朝霞和雪，艳射不能正视；目波澄鲜；眉妩连卷；朱口皓齿；修
耳悬鼻；辅靥颐领，位置均适。姁寻脱莹步摇，伸髻度发，如
黝鬒可鉴；围手八盘，坠地加半握，已乞缓私小结束。莹面发颊
抵拦。姁告莹曰："官家重礼，借见朽落，缓此结束，当加鞠翟
耳！"莹泣数行下，闭目转面内向。姁为手缓，捧著日光，芳气
喷袭；肌理腻洁，拊不留手；规前方后，筑脂刻玉；胸乳菽发；
脐容半寸许珠；私处坟起，为展两股，阴沟渥丹，火齐欲吐。此
守礼谨严处女也！约略莹体，血足荣肤，肤足饰肉，肉足冒骨；
长短合度，自颠至底，长七尺一寸；肩广一尺六寸；臀视肩广
减三寸；自肩至指，长各二尺七寸；指去掌四寸，肖十竹萌削
也；髀至足长三尺二寸，足长八寸，胫跗丰妍，底平指敛，约缣
迫袜，收束微如禁中。久之，不得音响。姁令推谢"皇帝万年"。
莹乃徐拜称"皇帝万年"，若微风振箫，幽鸣可听。不痔不疡，
无黑子创陷及口鼻腋私足诸过。"臣妾姁女贱愚憨，言不宣心，
书不符见，谨秘缄昧死以闻。"时夜漏三下，太后犹御寿安殿，
发缄欢喜，顾语帝曰："吾入宫后知有幼妹；然中外隔阔，目所
未见，不谓争达如尔。"明日诏下，有司议礼。有司奏曰："谨按
《春秋》，迎王后于纪，在途则称后。故大将军乘氏忠侯商女，今
大将军参录尚书事乘氏侯翼女弟，膺协圣善，旧协潜邸；结婚之
际，有命既集，宜备礼章，时进征币。请下三公、太常案礼仪奏
可，一准孝惠皇帝纳后故事。"

杨慎序称"《汉杂事》一卷，得于安宁州土知州董氏；卷首有秘辛二字不可解，要是卷帙甲乙名目。"然《御览》诸书，亦有《汉杂事》，而略不及此；按之《后汉书》，事实乖剌不相应，即慎所伪作也。特以多见古书，含英咀华，事尽淫艳，文极朴古，不见鄙秽，吐属馨逸；贤于何、李诸家窒塞艰涩，不可句读者远已！

第八节　王世贞　宗臣

明代文章，自前后七子而大变。前七子以李梦阳为冠；何景明附翼之。后七子以历城李攀龙字于鳞者为倡；太仓王世贞字元美者应和之。后攀龙先逝，而世贞名位日昌，声气日广，著述日富，坛坫遂跻攀龙上。然尊李梦阳，排李东阳，重振前七子之旗鼓者，攀龙实先登之枭也！其持论谓："文自西京，诗自天宝而下，俱无足观！"于本朝独推李梦阳。而世贞与谢榛、宗臣、梁有誉、徐中行、吴国伦翕然和之，非是则别诋为宋学！诸人多少年，才高气锐，视当世无人，互相标榜，号"七才子"。攀龙才思劲鸷，名最高，独心重世贞，天下亦并称王、李。又与何景明、李梦阳，并称何、李、王、李。第世贞声华意气驾出何景明。而攀龙才思识力，远逊李梦阳。何者？才不如梦阳之大，斯气不能以自运；学不如梦阳之深，故句不能以自造；而割剥秦汉，生砌硬填，徒见诘屈其词，涂饰其字；传有《沧溟集》三十卷，附录一卷（南京龙蟠里图书馆藏有明隆庆刻本，又有清道光重刻本）；其中文十六卷，聱牙棘口，读者至不能终篇。而世贞则巫称之曰："李于鳞如商彝周鼎，海外环宝；身非三代人与波斯胡，可重不可议！"然其辞愈古，其章弥碎。其气愈矜，其意弥隐。世贞始与攀龙狎主文盟；攀龙殁，独操柄二十年，才最大，地望最显，令闻广誉，笼盖海内。其持论"文必西汉，诗必盛唐；大历以后书勿读"一本攀龙。而读其文，奇桀自喜，出之沛然；记事文尤蔚跂，反复低昂，不似《沧溟集》兀臬也！《嘉靖以来首辅传》，词气铿訇，仿佛《史》《汉》，使人精神振发；第字句剽袭，往往不能妥帖，斯则攀龙之同调，而何、李之嗣响也已！传有《弇州山人四部稿》一百七十四卷，《续稿》二百七卷（南京龙蟠里图书馆藏有明世经堂刻本）；又有《弇山堂别集》一百卷（广州局刻本）；自来文集之富，未有过于世贞者！录《华孟达集序》曰：

> 无锡有华孟达者，一日而以书数百言自通，且贽其诗若文三卷，曰："今天下称龙门者必以子。夫龙门者，其左右夹上造霄汉；西来之流，径万里而下，束三级，齿石成霜雪，噫声成霆霹。倍寻之鲤，一过之，则神灵起于鬐鬣间；上帝饫之，爵为应龙。乃不佞之鲤则异是！子幸而汰之乎？吾将去而攻吾疾。其又幸而姑志之乎？吾将去而益炼吾质以俟乎他日。"余既异其言，为之稍读其书；而中有与其宗人往复者，亦类是云。宗人而好慕为古文辞，则从臾为古文辞；其欲梓行之，则勿敢也，曰："吾且折衷于衡艺者。远而左、马、庄、屈、建安、杜、李，吾师之。近而北地济南，吾仪之。然无若王子之当吾世也！吾其从折衷矣！"余益异之，乃为竟其诗若文。诗体出入中古，躐长庆而挈永嘉，清楚冲夷，有悠然自赏之味。文笔尤峻洁；裁之，则駏邑之小言也；畅之，则昌黎、河东之顺轨也；乃尺牍萧萧乎人意表矣！夫此孟达境也！孟达之为识，逾是境而三舍矣！毋乃犹有待者才也。其才傀及境矣；毋乃犹有待者学也，夫学者，充才者也。才者，趣识者也。吾姑志之，而孟达姑听之。虽然，孟达以吾言而信可也，是亦且梓而行矣。其所以行者何也？对授人以弹射也。昔者文信侯为《吕览》，布之咸阳市，而榜其上曰："有能增损一字者，予千金。"而人莫敢增损也。其识者窃笑之矣！异

代子云闻而诧曰："惜不以我往！将席卷其金以归。"则又笑之。其所以笑者何也？为文信侯之挟诈，而子云之见事晚也。今孟达居贫贱，而名未即就，不足以胁人之耳目而易其真。天下而信之，则真信也。其犹有弹射者，皆孟达之不朽地也；是何世之为孟达龙门者众也！孟达亟称有郁人文者，其鲤耶？其龙门耶？请质之而不以非，则置弁焉。

是世贞之学秦汉而臻于浑化者；节节顿挫，不矜奇辞奥句；而字字若履危崖而下，落纸乃迟重绝伦；得古人遒峻之致，而不袭奥僻之词，学秦汉者当以此为法。而《明史》以"藻饰太甚"为世贞病，此或论其诗耳！若就文论文，则摹秦仿汉之中，自有灏气行乎其间，抑扬爽朗；如《书应生事》一篇，遥逸横生，于诘屈之中，发挥奇趣；何可以摹拟二字一笔抹杀耶！所以世贞之与攀龙，摹拟秦汉同；而所为摹拟则异。攀龙只剽其字句。世贞时得其胎息。然七子之学，得于诗者较深，得于文者颇浅；故其诗多自成家，而古文则钩章棘句，剽袭秦汉之面貌者，比比皆是；故不独一攀龙。若乃跌宕俊逸，不徒以钩章棘句为能事者；七子中，惟世贞；其次则兴化宗臣字子相；传有《宗子相集》十五卷（南京龙蟠里图书馆藏有明嘉靖刻本），文笔疏爽，无剽剟填砌之习。录《报刘一丈书》曰：

数千里外，得长者时赐一书以慰长想，即亦甚幸矣！何至更辱馈遗，则不才益将何以报焉！书中情意甚殷，即长者之不忘老父，知老父之念长者深也！至以"上下相孚，才德称位"语不才，则不才有深感焉！夫才德不称，固自知之矣！至于不孚之病，则尤不才为甚！且今之所谓孚者何哉？日夕策马候权者之门，门者故不入，则甘言媚词，作妇人状，袖金以私之。即门者持刺入，而主人又不即出见，立厩中仆马之间，恶气袭衣袖，即饥寒毒热不可忍，不去也！抵暮，则前所受赠金者，出报客曰："相公倦，谢客矣！客请明日来！"即明日又不敢不来。夜披衣坐，闻鸡鸣，即起盥栉，走马抵门。门者怒曰："为谁？"则曰："昨日之客来。"则又怒曰："何客之勤也。岂有相公此时出见客乎？"客心耻之，强忍而与言："亡奈何矣！姑容我入！"门者又得所赠金，则起而入之；又立向所立厩中。幸主者出，南面召见，则惊走匍匐阶下。主者曰"进！"则再拜，故迟不起；起则上所上寿金，主者故不受，则固请；主者故固不受，则又固请；然后命吏纳之。则又再拜，又固迟不起，起则五六揖始出，出揖门者曰："官人幸顾我！他日来，幸无阻我也！"门者答揖。大喜奔出，马上遇所交识，即扬鞭语曰："适自相公家来！相公厚我厚我！"且虚言状。即所交识，亦心畏相公厚之矣！相公又稍稍语人曰："某也贤！某也贤！"闻者亦心计交赞之。此世所谓"上下相孚"也。长者谓仆能之乎！前所谓权门者，自岁时伏腊一刺之外，即经年不往也。闲道经其门，则亦掩耳闭目跃马疾走过之，若有所追逐者，斯则仆之褊衷，以此长不见悦于长吏，仆则愈益不顾也！每大言曰："人生有命，吾惟守分而已！"长者闻之，得无厌其为迂乎！乡园多故，不能不动客子之愁。至于长者之抱才而困，则又令我怆然有感。天之与先生者甚厚，无论长者不欲轻弃之，即天意亦不欲长者之轻弃之也，幸宁心哉！

淋漓喷薄，无复摹秦仿汉之习，而感概中出恢诡，乃极似太史公《游侠列传叙》、杨恽《报孙会宗书》。至其《西门西征二曾夜谈》诸记，则摹拟之迹未化，而气体便形窘拘；然纡徐委备，雅健有度，绝无叫嚣矜张之态；斯则攀龙之所不如者已！临清谢榛，字茂秦，传有《四溟集》十卷（明俞宪编《盛明百家诗》中有之），诗独有名。长兴徐中行，字子舆，传有《天目山堂集》二十卷，附录一卷（南京龙蟠里图书馆藏有明万历刊本）。兴国吴国伦，字明卿，于七子中最老寿后死，好客轻财，声名藉甚！求名之士，不东走太仓，则西走兴国。世贞殁，国伦犹无恙，传有《甔甀洞稿》五十四卷，《续稿》二十七卷，亦夥颐沉沉者也！

第九节　王慎中　茅坤　唐顺之　归有光

何、李、王、李，后先炫耀，方以钩棘涂饰相高。而有人焉，独以欧、曾相撑拄，章妥句适，雍容和雅，卓然以名家者，曰晋江王慎中字道思。慎中为文，初主秦汉，袭何、李之论，谓东京下无可取，已悟欧、曾作文之法，乃尽焚旧作，一意师仿，尤得力于曾巩。唐顺之初不服，久亦变而从之，天下称之曰王、唐，家居问业者踵至。李攀龙、王世贞后起，力排之，卒不能掩。亦犹何景明、李梦阳之于李东阳，能掩而胜之，终不能挤而废之也！而攀龙亦慎中提学山东时所取士。慎中传有《遵岩集》二十五卷。有李东阳之演迤详赡，而无其庸音肤词。得曾巩之醇厚典硕，而饶有悠情逸韵。录《送程龙峰郡博致仕序》曰：

嘉靖二十三年，制当黜陟天下百司，庶职报罢者凡若干人。而吾泉州儒学教授程君龙峰名在有疾之籍，当致其事以去。程君在学，方修废起坠，搜遗纲失，以兴学成材为任；早作晏休，不少惰怠；耳聪目明，智长力给，非独精爽有余，意气未衰；至于耳目之所营注，手足之所蹈持，该涉器数而周旋仪等，纤烦劳备，莫不究殚胜举。不知司枋者奚所考而名其为疾也？黜陟之典，将论贤不肖以驭废置。人之有疾与否，则有命焉；贤不肖之论，非可倚此以为断也；况于名其为疾者，乃非疾乎？人之贤不肖，藏于心术，效于治行，其隐微难见而形似易惑，故其论常至于失实；非若有疾与否，可以形决而体定也。今所谓疾者，其失若此！则于贤不肖之论，又可知矣！此余所以深有感也！又有异为！古者宪老而不乞言。师也者，所事也，非事人也；所谓“以道得民”者是也。责其筋力之强束，课其骸骨之武健，是所以待猥局冗司之末也。古之事师也，其饮食，于饭患其噎，于截患其哽，而祝之也；其居处，于坐则有几，于行则有杖，皆所以事师而修其辅赢摄疴之具；未闻以疾而罢之也！古之道，其不可行于今乎！程君之僚与其所教诸生，皆恨程君之去，谓其非疾也。余

> 故论今之失而及古之谊，使知程君虽诚有疾，亦不可使去也！君
> 去矣！敛其所学以教乡之子弟。徜徉山水之间，步履轻翔，放饭
> 决肉，曑铄自喜。傥有讶而问者，君胡无疾也？聊应之曰："昔
> 者疾而今愈矣！"不亦可乎！

优游缓衍而不矜张作态，繁简廉肉不失法；入后余韵悠然，
戏笑甚于怒骂；是悟欧、曾作文之法者也，以视七子之气嘶
响嚣，作如许张致者，真觉春容大雅矣！

归安茅坤，字顺甫，少喜为文，每谓当跌宕激射似太
史公。尝梦共太史公抽书石室，面为指画，唐以后若薄不
足为者！及从唐顺之游。顺之乃疾折之曰："唐之韩，犹
汉之马迁；宋之欧、曾、二苏，犹唐之韩子，不得致其
至，而何轻议为也！"久而从其说，则以为："唐韩愈、柳
宗元，宋欧阳修、曾巩、苏氏兄弟之于汉马迁，大略琴瑟
枳敔，调各不同，而其得万物之情以肆于心，则一也。近
代以来，学士大夫之操觚为文章，无虑数十百家。其以云
吻露噏，虎啮鸷攫之材，扬声艺林者，亦星见踵出。然于
仆所谓万物之情，或在置而未及也！嗟乎！隋唐之文，其
患在靡而弱；而退之出而振之，固已难矣！乃若近代之文，
其患在剿而赝；有志者苟欲出而振之，而其为力也，不尤
戛戛乎其难矣哉！"顾所蕲向在太史公，其次韩愈。而谓：
"昌黎之奇，于碑志尤为巉削。予窃疑其于太史公之旨，或
属一间；以其盛气掊抉，幅尺峻而韵折少也！太史公所为
《史记》百三十篇，除世所传褚先生别补十一篇外，其他帝
王世系，或多舛讹；制度沿革，或多遗佚；忠贤本末，或
多放失；而要之指次古今，出入风骚；譬之韩、白提兵而
战河山之间，当其壁垒部曲，旌旗钲鼓，左提右挈，中权
后劲，起伏变化，若一夫剑舞于曲旆之上，而无不如意者；
西京以来，千年绝调也！班固《汉书》严密过之，而所当

疏宕遒逸，令人读之，杳然神游于云幢羽衣之间，所可望而不可挹者；予窃疑班掾犹不能登其堂而洞其穷也！而况其下者乎！唐以来，独韩昌黎为文，极力镵画，不可不谓之同工也！间按《顺宗皇帝实录》与《秦始皇本纪》，读之夐不相及；抑可概见其微矣！"而明以来，学者知由韩欧沿洄以溯太史公，而定逊清三百年文章之局者，坤实有开山之功也！王慎中优游缓衍，得欧阳修、曾巩之法。而坤则疏宕遒逸，有苏轼、王安石之态。传有《白华楼藏稿》十一卷，《续稿》十五卷，《吟稿》八卷，《玉芝山房稿》二十二卷，《耄年录》七卷。录《与查近川太常书》曰：

林卧既久，遂成懒癖。春来读岁书，始知浮生已四十九；因忆解印绶五六年；别兄京兆来，则又八九年；仆束发来所深交如兄者能几；茌苒离愁，倏若羽驰如此！间抽镜对之，发虽未茎白，渐索矣！颜亦渐黝且槁矣！向之所欲附兄辈驰驱四方，数按古名贤传记所载当世功业，辄自谓未必不相及；气何盛也！而今何如哉！顷者候董甥之使自京邑还，得兄与施验封书，大略并嗟仆日月之如流，林壑之久滞；谓一切书问，不当与中朝之士遂绝；非肉骨心肾之爱，何以及此！甚且一二知己，或如汉之人所以嘲子云者，面嗤仆曰："某，今之贤者也。彼方位肘腋，中外之士所藉以引擢者若流水；若独流滞中林者，殆以世皆尚黑，而子独白耳！"仆笑而不应。而使自兄所来，辱兄口谕之，亦且云云。嗟乎！兄爱矣！而未之深思也！仆尝读韩退之所志《柳子厚墓铭》，痛子厚一斥不复，以其中朝之士，无援之者。今之人或以是罪子厚气岸过峻，故人不为援。以予思之：他巨人名卿，以子厚不能为脂韦滑泽，遂疏而置之，理固然耳！独怪退之于子厚，以文章相颉颃于时，其相知之谊，不为不深！观其叙子厚以柳易播，其于友朋间，若欲为欷歔而流涕者。退之由考功晋列卿，抑尝光显于朝矣！当是时，退之稍肯出气力谒公卿间，如《三上宰相书》十之一二焉；子厚未必穷且死于粤也！退之不能援之于缙绅而交之时，而顾吊之于墓草且宿之后，抑过矣！然而子厚以彼之才且美，使如今之市人，撄十金之利者，凫嗒蒲伏以自媚于当世；虽无深交如退之，文章之知如退之；当亦未必终摈且零落以至于此！而今卒若尔者，寸有所独长，尺有所独短。子厚宁饮瘴于钴镆之潭，而不能遣一使于执政者之侧；宁以文章与椎髻卉服之夷相牛马，而不能奴请于二三故知如退之辈者；彼亦中有所自将故也。后之人，宁能尽笑而非之耶！吾故于退之所志子厚墓，未尝不欲移其所以吊子厚者，而唁且诘乎退之也！然子厚在当时，其所同刘梦得附王叔文辈，盖已陷于世之公议然耳！后有士，其文章之盛，虽或不逮，而平生所从吏州郡及佩印千里之间；文武将吏，未尝不怜其能，而悲其罢官之无从者。假令有当世之交如退之，官不特考功，显不特列卿；其他所引擢天下之士，踵相接也。其独嗔子厚所不能，而为之耳无闻，目无见乎！抑亦怜其文章不遽在子厚下，故所并声而驰者；其官业所夺，犹炯然其在世之耳目；或不当终摈而菶藭之也！将矜其愚，引其不能，而移其所引擢他人者而为之力乎！噫！仆至此，亦可投笔而自嘲矣！又何必人之嘲我为也！适遣使护少弟某谒选京邑，当过兄所问起居，且思有以复兄之口谕云云也；不觉呕吐至此。幸兄共一二知己，度仆生平之交，其文章之深，气力之厚，有如子厚之于退之者乎！脱或过焉，幸以其勿独嗔子厚而少为之巽言而请也！退之苟有知，未必不自悔恨于九原也已！何如何如！

坤为古文，刻意学司马迁、韩愈而不能；乃似苏、王；最心折唐顺之。顺之喜唐宋诸大家文，所著《文编》，唐宋人自韩、柳、欧、三苏、曾、王八家外，无所取。故坤选《八大家文钞》以与《史记钞》相表里；《文钞》行而《文编》废。乡里小生，无不知茅鹿门（坤别号），以《八大家文钞》也。而唐宋八大家之目自此始！

武进唐顺之，字应德，学问渊博，自天文、地理、乐律、兵法以至句股壬奇之术，无不精研。其文章法度，具见《文编》一书，所录上自秦汉以来，而大抵从唐宋门庭沿溯以入，分体排纂，盖逊清姚鼐《古文辞类纂》之所昉，而辟清代三百年文家之径涂者也。虽义例不免踬驳，进退亦多失据，不及姚氏《纂》之矜慎；然筚路之功，不可没也！尝谓"汉以前之文，未尝无法而未尝有法；法寓于无法之中，故其为法也，密而不可窥。唐与宋之文，不能无法，而能毫厘不失乎法；以有法为法，故其为法也，严而不可犯。"其言皆妙解文理；而所自为文章，则浑茫演迤，庶几灭尽针线迹以跻于无法；而洮汰锻炼之功，或有未暇！盖其中年自诡讲学，而又不能忘情用世；又其学博而杂，自以为徒业者不嗛其戢也！传有《荆川集》十八卷（清康熙间唐氏刻本、光绪间武进盛氏《常州先哲丛书》重刻康熙本，又《四部丛刊》影印明万历刻本十七卷外集三卷，又江宁局本十二卷）。集中书牍最多，大半肤言心性，多涉禅宗，而喜为语录鄙俚之言，殊为不取！惟《答曾石塘总制第二书》，感概振发，学韩愈《与鄂州柳中丞书》，逊其雄遒；而言外见讽，意思深长；则故过之！其他序记诸作，则多简雅清深，不失大家矩矱。而传志表墓之文，最为可观！其尤著名者，《叙沈希仪广右战功》一篇，至八千二百言，古今推为奇作！其中叙次历历如绘，备极声色，《明史·沈希仪传》采之，焯有生气！然自捕韦扶谏以下，稍嫌支曼。所记诱缚岑金事，虽曲折尽情，而亦拉杂有小说气。且此两事皆不得谓之战功；若改其题为书事，则无病矣！其他叙事谨严，确有史裁；而于故旧之际，情韵不匮，抑扬往复，上接欧阳修，下开归有光，在有明中叶，屹然为一大宗！录《旸谷吴公传》曰：

> 公名杰，字士奇，武进人也，其为医始公之高祖肇。父宁，赠太医院判。公之学，自青乌氏书，风角，云气，占经，李虚中，子平之术，金丹内外秘诀，无所不通；医特其一技耳！然竟以医至大官。其于医，精究古方书而善脉。其治病，不纯主古方书，而一切以脉消息之，有初若与证相反，而卒无不效者；其余

奇疾尤效也！弘治间，以明医征至京师，遂以医游诸公卿间。公
医既精，而仪观磊落，阔达善谈说，颖然见锋锷；于是诸公卿
争迎致为上客。京师诸老医与公同时所征诸郡国医，莫不望风下
之。是时都御史王钺镇大同，奏乞吴某调治边军。未及行，御史
颜颐寿给事中李良度皆奏言："吴某宜在供奉，不宜弃之边地。"
下礼部。礼部尚书集所征郡国医，试之，卒无逾公者。故事，高
等入御药房，中等入院，最下遣还郡；而当遣者若干人。公为之
请曰："国家三四十年，才一征医耳。若等幸被征，又待次都下
十余年，而又遣还，诚流落可悯！愿不入御药房，而与若等同入
院。"尚书义而许之。正德几年，掌院事李宗周竟荐公入御药房，
而同荐者凡八人。有与宗周同官争权者，因左右谮之上曰："宗
周所荐多私人，且通贿，实不能医。"上曰："吾当自试之！"时
上病喉痹，遂按名召公，一药而愈。上喜甚，叹曰："有医若此，
乃不以医朕耶！"因厚赐公，诘责谮者，而谓宗周为忠。公自是
得幸于上，每病未尝不属公。公治之未尝不立愈。一日，上猎射
还，愈甚，感血疾；公进犀角汤愈；命进一官，赐彪虎衣一。上
尝幸虎圈，虎腾而惊；公疗之愈；命进一官，赐银五十两，表里
一。顷之，试马；御马监腹卒痛；公进理中汤立愈；赐绣春刀
一，银三十两。自是上所游幸，公必从。尝侍上卧，至以肩荷
上，或摩抚玉体；有不以属左右近幸而以属公；其分御膳啖公，
有左右近幸所不能得，而公得之。自医十十日而迁御医；自御医
三月而迁院判；凡一愈病，则一迁；为院判当迁者数矣！公固
让，三年而迁院使。上亲宠益笃，尝欲以禁卫衔公，赐蟒衣。公
谢曰："臣以药囊侍升下，此非臣职也！"上乃止。某年上南巡。
公以医谏，且泣曰："圣体尚未安，不宜远行！"上怒曰："汝医
官也，敢乎！"叱左右掖出。公留京师。驾行至淮，渔于清江
浦，遂病，还临清，梦见公，急遣校尉召公。公驰至临清，见
上。上泣曰："而不忆我耶！"公亦泣。遂扈从还通州。时权彬握
兵在左右，见上病，一旦不讳，惧诛，欲据窟穴为乱，力请复幸
宣府。公脉已惊甚，言诸大奄曰："疾亟矣！幸可及还内耳！脱
至宣府不讳；吾与若辈即死，宁有葬地乎！"奄以为然，乘间百
方说上。上意动。而彬亦数从公觇问："上病何如？"即诡言曰：

"且愈矣！勿忧也！"已而驾还京师崩。彬坐诛。毅皇崩之几月，而公亦致仕去矣！既致仕，留居京师，遣其二子遍从翰林诸名公游。壬辰，子希孟举进士，以才廉擢给事中；于是以恩进公阶朝列大夫。甲午，子希鲁举于乡。自某年，公还武进，稍葺室庐，治田园为终焉之计。公既老，居乡，不复为人治病；而亲戚故人有奇症，或病甚危；众医所不治者，乃以请公。公亦间往；往则应手愈。居间诵老、庄氏书，益究金丹内外秘诀，以冀所谓长生者；其自号旸谷，谷者，谷神也；或曰："旸谷，海东仙人所庐。"岁时与里中故人雅歌弹棋饮酒为乐；酒酣，数语及毅皇时事，出所赐衣物，未尝不汍然流涕也！久之，希孟为广信知府，恳乞致仕归养。归数月而公卒！公每自诧得丹诀，指其小腹，谓人曰："此中有物矣！"先卒之一日，余往候公。公紫色莹然如平生。希孟曰："唐翰林在。"公点头。卒时，神气不乱，整衣端坐，口云"好好"，遂卒！年七十有八。嗟乎！公信多奇矣哉！希孟居乡有志向，师事徐养斋先生而友余。余是以得备闻公之行事为传，而叙公在毅皇时事独详焉，以见公之遭遇，以俟国史传方技者有者云。

顺之为文之以唐宋为法，实自王慎中发之。然慎中按部就班，蕲乎毫厘不失法；而顺之则欲以法寓于无法之中，虽文章时有利钝，而一洗比拟闲架，描头画角之习。顾不语人以求工文字。每谓："两汉而下，文之不如古者，岂其所谓绳墨转折之精之不尽如哉！本色不如也。秦、汉以前，儒家者有儒家本色；至如老、庄家有老、庄本色；纵横家有纵横家本色；名家、墨家、阴阳家，皆有本色；虽其为术也驳，而莫不皆有一段千古不可磨火之见；是以老家必不肯剿儒家之说，纵横必不肯借墨家之谈，各自其本色而鸣之为言；其所言者，其本色也，是以精光注焉，而其言遂不泯于世！唐宋而下，文人莫不语性命，谈治道，满纸炫然，一切自托于儒家；然非其涵养畜聚之素，非真有一段千古不可磨灭之见，而影响剿说，盖头窃尾，如贫人借富人之衣，庄农作大贾之饰，极力装做，丑态尽露；是以精光枵焉，而其言遂不久湮废！然则秦汉而上，虽其老墨名法杂家之说而犹传；今诸子之书是也。唐宋而下，虽其一切语性命，谈治道之说，而亦不传；欧阳永叔所见唐《四库书目》百不存一焉者是也。仆居闲偶想起宇宙间有一二事，人人见惯而绝是可笑者。其屠沽细人，有一碗饭吃，其死后则必有一篇墓志。其达官贵人与中科第人稍有名目在世间者，其死后则必有一部诗文刻集；如生而饭食，死而棺椁之不可缺。此事非特三代以上所无；虽秦汉以前，亦绝无此事。幸而所谓墓志与诗文集者，皆不久泯灭；然其往者灭矣，而在者尚满屋也！若皆存在世间，即使以大地为架子，亦安顿不下矣！此等文字，倘家藏人畜者，尽举祖龙手段作用一番，则南山煤炭竹木尽减价矣！可笑可笑！"闻者怃然！盖精神意量，有在笔墨蹊径之外者矣！

王世贞绍述李攀龙之说，以秦汉之文倡率天下。而唐顺之则从唐宋门庭沿洄以溯秦汉；晚乃摈绝文字，无意与世贞挂撑。昆山归有光字熙甫稍后起，而名位不显；独抱唐宋诸家遗集，与二三弟子讲授于荒江老屋之间，毅然出其言论以与世贞相驳难，至诋之为妄庸巨子。世贞大憾，迨于晚年，乃始心折，题有光遗集，赞曰："风行水上，涣为文章。风定波息，如水相忘。千载有公，继韩、欧阳。"虽以世贞之高名盛气；而有光拔帜易帜以屹自树立，开逊清桐城之文，而妙出以纡徐；其文由欧阳修以几太史公；虽无雄直之气，驱迈之势，而独得史公之神韵；传有《震川文集》三十卷，别集十卷（清康熙间归庄刻本、《四部丛刊》影印归庄刻本、光绪间归氏重刻本），发于亲旧及人微而语无忌者，盖多近古之文。至事关天属，其尤善者，不事修饰，而情辞并得，使览者恻然有隐，其气韵盖得之史公。而或者亦讥之曰："彼其所为抑扬吞吐，情韵不匮者，苟裁之以义，或皆可以不陈。浮芥舟以纵送于蹄涔之水，不复忆天下有曰海涛者也！"特于不要紧之题，说不要紧之话，却自风神疏淡，是于太史公深有会处。盖有光以前，上而名公硕卿，下而美人名士之奇闻隽语，刿心怵目，乃以厕文人学士之笔；至有光出而专致力于家常琐屑之描写，其尤恻恻动人者，如《先妣事略》《归府君墓志铭》《周弦斋寿序》《寒花葬志》《项脊轩记》诸文，悼亡念存，极挚之情，而写以极淡之笔，睹物怀人，此意境人人所有，此笔妙人人所无；而所以成其为震川之文，开韩、柳、欧、苏未辟之境者也！录《项脊轩记》曰：

项脊轩，旧南阁子也。室仅方丈，可容一人居。百年老屋，尘泥渗漉，雨泽下注。每移案顾视，无可置者。又北向，不能得日，日过午已昏。余稍为修葺，使不上漏。前辟四窗，垣墙周庭，以当南日，日影反照，室始洞然！又杂植兰桂竹木于庭，旧时栏楯，亦遂增胜！借书满架，偃仰啸歌，冥然兀坐，万籁有声；而庭阶寂寂，小鸟时来啄食，人至不去。三五之夜，明月半墙，桂影斑驳，风移影动，珊珊可爱！然余居于此，多可喜，亦多可悲！先是庭中通南北为一。迨诸父异爨，内外多置小门，墙往往而是。东犬西吠，客逾庖而宴，鸡栖于厅。庭中始为篱，已为墙，凡再变矣！家有老妪，尝居于此。妪，先大母婢也，乳二世，先妣抚之甚厚。室西连于中闺。先妣尝一至。妪每谓余曰："某所，而母立于兹！"妪又曰："汝姊在吾怀呱呱而泣。娘以指叩门扉曰：'儿寒乎？欲食乎？'吾从板外相为应答。"语未毕，余泣！妪亦泣！余自束发读书轩中。一日，大母过余曰："吾儿！久不见若影！何竟日默默在此，大类女郎也！"比去，以手阖门，自语曰："吾家读书久不效，儿之成则可待乎？"顷之，持一象笏至，曰："此吾祖太常公，宣德间执此以朝！他日，汝当用之！"瞻顾遗迹，如在昨日，令人长号不自禁！轩东故尝为厨，人往，从轩前过。余扃牖而居，久之，能以足音辨人。轩凡四遭火，得不焚，殆有神护者！项脊生曰："蜀清守丹穴利甲天下，其后秦皇帝筑女怀清台。刘元德与曹操争天下，诸葛孔明起隆中。方二人之昧昧于一隅也，世何足以知之！余区区处败屋中，方扬眉瞬目，谓有奇景。人知之者，其谓与陷井之蛙何异！"

余既为此志，后五年，吾妻来归，时至轩中，从吾问古事；或凭几学书。吾妻归宁，述诸小妹语曰："闻姊家有阁子。且何谓阁子也？"其后六年，吾妻死，室坏不修！其后二年，余久卧病无聊，乃使人复葺南阁子，其制稍异于前。然自后，余多在外，不常居。庭有枇杷树，吾妻死之年所手植也，今已亭亭如盖矣！

杨士奇与有光同一学欧阳修，然士奇宽衍而伤于肤，辞系情隐。有光优游而归之洁，言简旨永。盖一如香蕉之熟而过烂，而一则谏果之味回于甘，有寥寥短章而逼真《史记》者，乃其最高淡处。如《项脊轩后记》，所以寄其悼亡之思，著墨不多，萧然高寄，而有弦外之音。又如《寒花葬志》曰：

婢、魏孺人媵也。嘉靖丁酉五月四日死，葬虚邱；事我而不卒，命也夫！婢初媵时，年十岁，垂双鬟，曳深绿布裳。一日，天寒，爇火煮荸荠熟，婢削之盈瓯。余入自外，取食之。婢持去不与。魏孺人笑之！孺人每令婢倚几旁饭，即饭，目眶冉冉动；孺人又指余以为笑！回思是时，奄忽便已十年。吁！可悲也已！

皆所谓"于不要紧之题，说不要紧之话，却自风神疏淡"者也。然有光之文，高者在神境，而稍病虚，声几欲下！亦有近俚而伤于繁者。特自何、李崇苴轧之习，号为力追周秦；王、李重扬其波，天下从风靡。而有光一切刮磨，不事涂饰，而选言有序；不刻画而足以昭物情，与古作者合符，而后来者取则焉！可不谓之特立独行之士乎哉！

第十节　袁宏道　钟惺　谭元春

方何、李、王、李之极盛，茅坤、唐顺之以疏快救板重。王慎中、归有光以洁适变奥古。此变而得其正者也。山阴徐渭字文长，公安袁宏道字中郎，以清真药雕琢，而不免纤婉，则江湖才子之恶调也！竟陵钟惺字伯敬，谭元春字友夏，以幽冷裁肤缛，而仍归涩僻，又山林充隐之赝格也！一则漫无持择；一又过为尖新；虽蹊径不同，而要之好行小慧，以便空疏不学则一！此变而不得其正者也。

当嘉靖时，王、李倡七子社，谢榛独以布衣被摈。渭自以诸生不得意，愤其以轩冕压韦布，誓不入二人党。殁二十年，袁宏道游越中，得渭残帙，以示祭酒陶望龄，相与激赏，刻以行世。传有《徐文长集》三十卷，中多代总督胡宗宪之作；其文则源出苏轼，唐顺之、茅坤诸人皆相推挹；独不得志于王、李，遂不在声气之中！而宏道为之传曰："文有卓识，气沉而法严，不以模拟损才，不以议论伤格，韩、曾之流亚也！文长既雅不与时调合，当时所谓骚坛主盟者，文长皆叱而奴之，故其名不出于越！悲夫！"然渭本俊才，不幸而学问未充，声名太早，一为权贵所知，遂任情放诞；及乎时移事易，侘傺穷愁，益放言高论，不复问古人法度为何物；只见为调靡而机利而已！何所谓气沉而法严也！然故公安一派之滥觞矣！宜宏道有以亟称之也！

宏道与兄宗道字伯修，中道字小修，并有才名，时称三袁。先是王、李之学盛行，遂以仿汉摹唐转移一代之风气；迨其末流渐成伪体，涂泽字句，钩棘篇章，万喙一音，陈因相厌。于是三袁乘其弊而排抵之；而宗道实倡其说，于唐好白乐天，于宋好苏轼，名其斋曰白苏。至宏道益矫以清新轻俊，传有《袁中郎集》四十卷，然戏谑嘲笑，间杂俚语。录《拙效传》曰：

家有四钝仆：一名冬，一名东，一名戚，一名奎。冬，即余仆也，掀鼻削面，蓝睛虬须，色若绣铁。尝从余武昌，偶令过邻生处，归失道，往返数十回，见他仆过者，亦不问。时年已四十余。余偶出，见其凄凉四顾，如欲哭者，呼之，大喜过望。性嗜酒。一日，家方煮醪，冬乞得一盏，适有他役，即忘之案上，为一婢子窃食尽。煮酒者怜之，与酒如前。冬伛偻突间，为薪焰所著，一烘而过，须眉几火。家人大笑，仍与他酒一瓶。冬甚喜，挈瓶沸汤中，俟暖即饮，偶为汤所溅，失手坠瓶，竟不得一口，瞠目而出。尝令开门，门枢稍紧，极力一推，身随门辟，头颅触地，足过顶上。举家大笑！今年随至燕邸，与诸门隶嬉游半载，问其姓名，一无所知。东貌亦古，然稍有诙气；少役于伯修。伯修聘继室时，令至城市饼；家去城百里，吉期已迫，约以三日归。日晡不至，家严同伯修门外望，至夕，见一荷担从柳隈来者，东也！家严大喜，亟引至舍，释担视之，仅得蜜一甀。问饼何在？东曰："昨至城，偶见蜜价贱，遂市之。饼价贵，未可市也。"时约以明日纳礼，竟不得行！戚、奎皆三弟仆。戚常刈薪，跪而缚之，力过绳断，拳及其胸，闷绝仆地，半日始苏！奎貌若野獐，年三十尚未冠，发后攒作一纽，如大绳状。弟与钱市帽。奎忘其纽，及归，束发加帽，眼鼻俱入帽中，骇叹竟日！一日，至比舍，犬逐之，即张空拳相角，如与人交艺也，竟啮其指。其痴绝皆此类！然余家狡狯之仆，往往得过，独四拙颇能守法。其狡狯者相继逐去，资身无策，多不过一二年，不免冻馁，而四拙以无过坐而衣食，主者谅其无他，计口而授之粟，唯恐其失所也！噫！亦足以见拙者之效矣！

不事修饰，其意在变板重为轻巧，变粉饰为本色，致天下耳目于一新，学者多舍王、李而从之，目为公安体。然王、李犹根于学问，公安则惟恃聪明，其尤甚者，轻薄以为风趣，矜诞以为吊诡。而金圣叹一派之放诞灭裂以自命才子，未必非公安阶之厉也！学王、李者，不过奥坚以赝古。而学公安者，乃至矜其小慧，反道而败德，名为救王、李之弊，而弊又甚焉！其后王、李风渐息，而钟、谭之说大炽！

钟、谭者，钟惺、谭元春也。惺貌寝，羸不胜衣；为人严冷不喜接俗客，由此得谢人事，肆力为文章。其宗旨具见所辑《周文归》《宋文归》，与论诗同一蹊径，点逗一二新隽字句，矜为奇秘。周文质奥；宋文畅适；而惺一切以纤巧之法选之，以佻薄之语评之，撮新标奇，亦时有发。其文集不见，睹所为《游武夷山记》，洁情秀韵，颇工刻画；亦以幽秀孤峭，性与境称也！然有隽语而无快笔，不免失之枝碎，亦以生平着意字句，而无篇章之功也。其辞曰：

入闽，自崇安县南至省会八百余里，周始于山。去县三十里之裴村，隔溪望，形神猞谲，疑不为山；疑不为山，而山之习者创，恒者奇，人始作山想，欣然思一至者，武夷山也。山之情候在溪；溪九曲，山或应或违，而无所不相关。往往用舟，由一至九，终武夷游事。而自县南来者，去山十里，有水帘洞最胜。洞在山之万年官左，而北接□，乃与一曲诸峰钩连，异岭同胜，如两人背立，游宜从此始。或曰："七曲有径，可达此洞。"则其离合断续之故，又不可问也！余以天启三年癸亥归楚，则路先裴村，度溪，憩山千万年官；虽欲始水帘洞而不能。为二月初八日，友人商梅送余至此，曰："游武夷，右之右之耳！"盖九曲在官右故也。大要官在山为邮舍，在他处已作深山；然大王与幔亭二峰，似处官后，入即见之；入舟始一曲而正立溪左，庄甚！迤逦至二曲，乃更枕藉；傍小峰轩举作态；然游者皆以为一曲中物也！而一曲所有之峰，如大小观音与狮子，与二曲之玉女，入舟皆见；舟行稍远，则狮子没，三峰去一为二；又远，则小观音没，二复为一；然三峰不以出没为有无也！玉女屡迁多姿，一曲之未至，与三四之已过者，心目延返皆不能忘；于此虽欲专属二曲而不能也；然二曲用此为标。标三曲者，峰不可数，小藏为最。四曲者不可数，大藏为最，其下有卧龙潭焉。标五曲者不可数，仙掌大隐屏接笋为最。六曲则天游观左右之；晚对苍屏、三教、大小城、高岩为最；若一曲之大王幔亭，二曲之玉女也。余初八日之游，至六曲止。第以舟行，而二曲之灵岩、一线天、虎啸岩诸处，不能往；往非舆行六七里不可；如是则以二曲专一日，亦不为过。而念霁甚，是夜天游观之月，居高及远，当为溪山之鉴，宿无良于此者。出舟，仰小藏壁中仙船，而至乃绕其背，至卧龙潭，潭在大藏峰下；九曲之水，清无隐鳞，虽浅亦自可；而此水以潭名，极为静深，渊渊然如不恒流焉！由此趋平林渡，未终五曲，以舆代舟。寻太隐屏，朱晦翁书院在焉；当诸曲之中，溪山所会也；翁自有记。接笋峰雁次相缀；书院在峰前，而云窝在其后。云窝者，陈少司马省所营。公，长乐人，住山十二年，因崖割胜，居处门庭，部署历历，法趣相生，使后至者有鸠借鹊巢之思焉！余留诗见志。乃循仙掌峰，曲折缘流，步夕阳空翠而上；由石门上天游观。是夜宿焉，颓接笋峰，地高天近，云水烟霜，俱化为月；月光所往，未见其止；始知身在山中。与商子亭中坐立相对，惟恐其旦！旦则登一览台；台高于观，三曲之水，反在其下；见大王峰，复庄甚！降复开舟，盖初九日也。意当从五曲始；不知六七曲边际，已销付仙掌笋舆中，舟待于七曲久矣！乃从此入舟；以故六曲之苍屏、上下城、高岩、小桃源，俱未及问焉。标七曲者为北廊岩、天壶峰。八曲为鼓子、三教峰、百花庄。九曲为寒岩、灵峰。观恬目愉趣佳处领其要而已！行至九曲，径夷神旷，有出山之意。念岩壁之散处溪左右，为舟所未及；舟至而步未及至者，雅不欲以既倦之心目偿之。乃回舟。棹声未灭，已过天游观；诵谢康乐"空翠难强名"之句，望昨夜所坐立亭子，危仄似非可著足处！仙掌虽一峰，横据甚广，笼映可数曲；缘壁甫穷，遂发五六曲之舟，有以也！将达五曲，步至接笋峰下，欲登而不敢，必陈力进止。由一小门入，入得一亭，可憩；其绝顶有鸡胸岩，受趾以外，深不见底，以绲度；而峰本不甚高，依壁为木梯，级不盈尺，凡七十级；而余以病后不能；有诗云："自欢来偏晚，非关上独难。"谓游山须及时；兴日进而具日减，年所为也！一道士手茶果，蹑梯下，步甚安，承饮焉。山中人以种茶代耕，茶惟接笋为妙。舆而舟，舟而又舆，返寻六曲之苍屏峰、城高岩；岩半庐一僧，僧亦山中所少也！舆而又舟，度溪，问所谓小桃源者？按图，旧有石堂寺，宋天圣间，中夜风雨所陷之石，倚垂者为洞，坠者为梁；水声出洞梁中戞戞者为洞；凡为石门者二。既进，乃有田园庐舍，桑麻鸡犬，不知其山中也？幽险之极，得坦旷者，反以为异！武夷可居，无过此者！入舟，过四三曲，玉女、大王诸峰，数面成故。返宿万年宫，游事可终。念山中宿处，高莫如天游，深莫如虎啸！乃舍舟横斜行六七里许，问灵岩；岩不甚高，石覆如廊，洞如比屋，堂寝略具。檐牙所交，天光入隙，广不逾寸，长百之，如线者；一线天也！横有隙，由一洞又穿一洞，既至，寒吹如晚如秋者，风洞也！望衡对宇，可往可来者，伏羲洞也！日暮矣，返宿虎啸岩。岩高于灵岩，立而微颓以覆缀壁之屋，僧居之，屋亦瓦，然终古不知有雨！是夜，月光如水，使人欲泛；余诗所谓"置身星月上，魄濯水烟中"者是也！明日，由二曲入舟，寻止止庵。山中无桃花，大要为茶所夺；惟灵岩以往及止止庵，稍灿灿若瓶中物。还万年宫，具威仪而行。左行十里，道旁得一门如窦，易笋舆而入，坦步二里许，丹霞及火焰三峰桀竖，上乱烟日；群峰夹之，径渐仄，两壁相拒，如行三峡中；水间关，扼于石，纡直不自由者，为洞而不能为溪；而舁者亦跣而频济；石益束，厥势始交；交则为洞如小桃源，而大且险倍之！洞穷径出，复有天日，乃观水帘洞石壁。壁高而颓，故所覆甚远；去壁数百武，晴日阴曀，雾飞如雨；久之，始知流从壁上来；屋挂于壁，栏周之，拾级凭栏，如人执喷壶往来绝顶，滴沥如丝，东西游移，或东西分，弱不能自主，恒听于风。洞以水得名；峰势雄整，而水之思理反细，声光微处，最宜静者；非浮气人听睹所及也！余初不知水帘洞与武夷已隔一溪，相去又十里，何以相隶？既而悟舁人频济处，已还度溪，原未尝隔也！钟子往返武夷三日，觉远望疑不为山者，身到处无非山。山不知有曲，溪为之。溪不自谓曲之必九，泛溪者为之。水帘洞与武夷，一而二，二而一，自县南来者，宜以此为游事之始。来者甚锐，望九曲不能待，姑俟其归，则韵者如食已饫，俗者如倦欲寝，故竟亦过而不问也。商子导余，决计以水帘洞终武夷游事，为月之初十日。

文见《武夷山志》。考其时，乃惺丁忧去职，枉道而为此。

昔苏氏轼、辙兄弟去丧，禁断诗文；再期之内，不著一字。而惺素称严冷，具至性，何乃不如二苏之放旷者欤？况登山何事，闻讣何时，而竟优游为之耶？顾谭元春撰《墓铭》，不为隐避，不为微词，反称其哀乐奇到，非俗儒所能测！噫！三年之丧，天下之通丧也！岂不俗人之所能免欤！

谭元春最喜读郦道元《水经注》，刻有评本，虽识堕小慧，而趣绝恒蹊，意想所营，颇多创得。而为文章，亦得力焉模山范水；传有《谭友夏合集》二十三卷，中《鹄湾文草》九卷。传志诸篇，立言无体，几为笑柄，多类稗官。而书牍序言，颇有意致。铭辞游记，尤可取裁；叙泉石之奇，能超形想；写友朋之乐，足散人怀。铭或具体于东坡，记多得力于《郦注》，洁情隽致，亦自足多；然有好句而无完篇。今最其文之佳者：如《游玄岳记》，有曰："涧上置桥，高壁成城，相围如一甕。树色彻上下。波声为石所迫，人不能细语；桃花方自千仞落，亦作水响。"又曰："众山纷纷委于壑；松柏如随其山下伏，偃然与荇藻无异！"《游南岳记》，有曰："入丹霞寺，栋宇飘摇，若欲及客之身。自此以上，云雾傲居，冬夏一气，屋往往莫能自坚。"又曰："指隔山上封寺，道有级路，趾斜垂若蚁缘。人与云遇于途，云不畏人。趾穷，坦然得寺，亭午弄旭，澹若夕照。"又曰："上祝融峰顶，数人各据一石。晴漾其里，云缝其外，上如海，下如天，幻冥一色，心目无主；觉万丈之下，漠漠送声。"又曰："久之，云动。有顷，后云追前云，不及，遂失队；万云乘其罅，绕山左飞；飞尽日现，天地定位，下界山争以青翠供奉；四峰皆莫能自起，远湖近江，皆作丝缕白。"又曰："宿上封寺，云有去者。星月雍然，磬声不壮。"又曰："善游岳者先望。善望岳者，逐步所移而望之。雨望于渌口。月望于山门，皆不见。都市乃得见之，深于云一纸耳。将抵衡，触望庄栗，空中欲分天。又望于县之郊庵，云顶一二片定者，的的见缥碧。又望于道中，万岭皆可数；然是前山，非郊庵所望缥碧者也！"《初游乌龙潭记》有曰："有舟自邻家出，与阁上相望者，往来秋色。"《再游乌龙潭记》有曰："电与电相后先。电光煜煜入水中，深入丈尺，而吸其波光以上于雨，作金银珠圆影；良久乃已。"《三游乌龙潭记》有曰："残阳接月，晚霞四起，朱光下射，红在莲叶下起；已而尽潭皆赪，明霞作底。"此皆写景之妙者也。《退谷（钟惺别号）墓志铭》有曰："退谷改南时，僦秦淮一水阁，闭门读史。每游人午夜棹回，曲倦酒尽，两岸寂不闻声；而犹有一灯荧荧，守笔墨不收者，窥窗视之，则嗒然退谷也！"《三十四舅氏墓志铭》有曰："农暇或一至予家，问吾母安否？夏月稻登场，必贻以新。仲秋月圆酒熟，必寄予兄弟；每过予家，则教以安分行乐。予兄弟往拜舅室，见其与妇乔孺人，子女四五人，所畜童婢二人，料理鸡埘牛圈，屋茆钓缗；宽然无辱于担石之中！应酬不烦，王税不逋，贵不知敬，富不知羡。若以今世士大夫稍能知苦乐安危者，闻舅氏事；岂有不窃叹者哉！"《求母氏五十文说》有曰："春兄弟六人，百亩之田，三尺之童，母乘其俱出析之；曰：'非儿曹意也！吾见魏氏数世同居，子孙不知世务，卒以此愦懦落其家声；徒存义名，无补门户！且吾所为析者，使诸妇不凌杂耳！其母妹兄弟同食如故；人直供一日。'薄暮取酒相对，谈学业世事。母亦喜出听，自出饼饵蔬醴，佐春兄弟啖。兄弟中有求益者。母喜曰：'吾见汝曹争食；家中长若此可矣！'"此皆写情之真者也。至铭赞之佳，如《端石研铭》曰："无旁无足，无口无目。墨易生如蓄，水自出如瀑。大人书之金如玉，野人书之石如木。"《连环研铭》曰："石田苍苍，一区二唐。"《女士程辟支所绣观音颂》曰："腾腾白光，一针所始。何以竟之，既结旋委。稽首审听，瓶摇新水。春闺无怨，丝丝神理。幅帛莫增，扪如其指。送大士行，月出烟止。"《宋绣观世音赞》曰："我闻绣佛，慎哉劈丝！离朱晨曦，目午则疲。莲花瓣瓣，紫竹枝枝。视手中线，观音在兹。"名章迥句，处处间起；与钟惺齐名，亦以易天下之耳目；有竟陵体之称。然竟陵特以诗著，而文章亦自成一格。公安结调太熟；而竟陵又过生新。公安造语近俚；竟陵构篇不完。公安无洁情，而竟陵乏远韵。若夫言择雅驯，文忌枝碎，结调在生熟之间，而余味包篇章之外者，其惟归有光乎！其惟归有光乎！

第十一节　钱谦益　艾南英

有导扬归有光之学，以自振拔于王、李，而澌洗不净者，曰常熟钱谦益字受之。自言年十六七岁，已好陵猎为古文；李梦阳《空同》王世贞《弇山》二集，澜翻背诵，暗中摸索，能了知某纸；摇笔自喜，欲与驱驾。父世扬见之曰："此唐荆川所谓三岁孩作老人形耳！"而谦益自若！为举子，偕李长衡，视所作。长衡笑曰："子他日当为李、王辈流。"谦益惊曰："李、王而外，尚有文章乎？"长衡为言唐宋大家，与李、王迥别，而略指其所以然。谦益为之心动。既而从练川二三长者，得闻归有光之绪论，与近代王、李剽贼之病。客从临川来，汤显祖寄声相勉曰："本朝文，自空同已降，皆文之舆台也！古文自有真，勿漫视宋濂！"于是始覃精研思，刻意学唐宋古文，因以及金元元好问、虞集诸家；而尤喜欧阳修《五代史记》，以为"真得太史公血脉，而下开震川。如震川之《李罗村行状》《赵汝渊墓志》，虽欧公复生，何以过此！以震川追配唐宋大家，其于介甫、子由，殆有过之，而与古人参会于毫芒秒忽之间也！士生于斯世，尚能知宋元大家之文，可以与两汉同流，不为王、李所澌灭。

震川之功，岂不伟哉！”因校刻《震川集》而序之。盖逊清桐城家言之治古文者，胥由有光以踵欧阳而窥太史公；姚鼐遂以有光上继唐宋八家而为《古文辞类纂》一书；何莫非谦益之绪论，有以启其涂辙也！特谦益自为文章，则以早年寝馈于《空同》《弇山》者深，而洗伐不尽。有光之文，顺理成章，自然隽永深折。谦益之文，盛气缛语，不免峻厉矜肆。杨士奇、李东阳气体阔大，而骨力甚平；其流为庸熟。而谦益则又骨力开张，而脉理不细；其弊为矜诞。然杨、李所谓雍容之音，讵耐咀味！而谦益妙有噍杀之节，时能激发。传有《初学集》一百十卷（《四部丛刊》影印明崇祯癸未刻本，又清宣统间吴江薛凤昌邃汉斋铅排本），《有学集》五十卷（《四部丛刊》影印清康熙甲辰刻本，又宣统间薛凤昌铅排本）。录《矐目篇赠华征君仲通》曰：

周室东迁后，垂二百年，蛮夷交侵，三纲沦替。生斯世也，伥伥乎无所之，胥天下皆瞽人矣！孔子出，作《春秋》以相之；左目日，右目月，视为昼，瞑为夜；故曰："圣人者，时人之目也。”吾于斯世，得二瞽人焉！《春秋》未作，得一人焉，曰师旷。诗不云乎！“蠢尔荆蛮，大邦为仇。”齐桓公以悬车束马之余威，凭陵方汉；胶舟之问，委诸水滨。子野，一瞽工耳！骤歌《南风》，知楚师之不竞；何其神也！管夷吾死，楚氛蔽华夏，惟师旷为有目，焉得瞽！《春秋》既作，得一人焉，曰左丘明。史不云乎！“丘明失明，厥有《国语》。”言天道，征人事，采毫末，贬纤介，如抉目之金钗，如照世之宝玉。“左丘明耻之”，孔子盖三叹焉！孔子，时人之目也。左丘明，以孔子为目者也。万古长夜，《春秋》复旦，鲁君子之四目，至今炯如也；焉得瞽！由是推之，自《春秋》以后，二千余年，暴于秦，乱于五代，僭于耶律、蒙古完颜，稽天吞日，万倍荆蛮；于其中不瞽不盲者有几人哉！瞽者两目眏矣；犹恐人之一目眏也，汲汲然思厚其膜，滋其眵，又集矢以中之，胥天下拍肩取道而后已！秦始皇之于高渐离，畏忌而矐其目，亦犹是也。虽然，始皇矐渐离之目，自以为无患矣！近不瞳胡亥、赵高、李斯之目；远不能瞳陈涉、吴广、刘季、项羽之目；所谓"千秋万岁，传之无穷"者，亦终如瞽者之摸象，归于何有；则亦可为一笑而已矣！梁溪华仲通，怀文抱质，鲁君子之徒也！不幸而有丧明之疾；铅椠削笔，尊周王鲁，未尝一息而忘《春秋》之志也！居环堵之室，咏歌先王之风，曳杖抱膝，声满户牖；徐而听之，泣铜盘，弹翎雀，湫乎攸乎，如师旷之骤歌《南风》而有余思也！仲通居瞳瞽之世，以有目取憎；天之瞳其目也，所以全仲通也！屏居内视，玄览中区，目光如炬，庶几半头天眼；此人之所不能憎，而天之所不能瞳者也！虽有百始皇，如仲通何！吾于师旷、丘明二瞽之后，窃取仲通以配之曰："此宇宙间三有目人也！"不亦可乎！仲通今年六十，人争引唐张文昌故事，以城南复明为祝。而余则诵元遗山之诗曰："无穷白日青天在，自有先生引镜时。"以为天之所不能，瞳者，复明与否，非所急也！作《瞳目篇》以贻之。

谦益目睹明社之屋，而不能死；又以身事新朝，微文见意，时有弦外之音，而出以诙诡。清帝恨之，遂禁其集不得行。然在明清易代之际，江以南言文章者，必以谦益为巨擘焉！

东乡艾南英，字千子，起于江西，亦衍归有光之说以斥王世贞，而与谦益相应和。自李梦阳之说出，而学者剽窃班、马、李、杜。自世贞之集出，学者遂剽窃世贞。南英每痛切言之曰："后生小子，不必读书，不必作文；但架上有《弇州前后四部稿》，每遇应酬，顷刻裁割，便可成篇；骤读之，无不浓丽鲜华，绚烂夺目；细案之，一腐套耳！"传有《天佣子全集》十卷（有清康熙、道光两种刊本）。其文学欧阳修，然根柢少薄，模拟有迹。录《重刻罗文肃公集序》曰：

> 有明文章之盛，莫盛于太祖朝！刘文成、宋文宪、王文忠、陶姑孰辈，不独帷幄议论，佐圣神文武，佑启后人之谟烈；而文

章亦遂为当代之冠！至于苏平仲、高季迪、解大绅、方希古，或专以诗文，或兼有节义，后、先二祖之世。虽由草昧开天，士崇实学，不惑于流俗苟且之见；亦由唐宋大家之流风遗韵，典型未远。洪、永而后，文章浸衰矣！杨文贞、王文成虽卓然自成一家；而两公以相业事功，不专名文章；风矩所激，后进无由睹其标指！一时文章之权，无所主持。于是弘治之世，邪说始兴，至劝天下士无读唐以后书；又曰"非三代、两汉之书不读"；骄心盛气，不复考韩、欧大家立言之旨。又以所持既狭，中无实学，相率取司马迁、班固，摘其句字，分门纂类，因仍附和。太仓、历下两生，持北地之说而又过之。持之愈坚，流弊愈广！后生相习为腐剿，至于今而未已！天祐斯文，笃生豪杰。南城圭峰、罗文肃公当邪说始兴之时，矫俗自立，力追古大家体裁，当时以为直逼柳州。天下后进，读公之集，始知刻厉为文，不袭陈言，不厌薄韩、柳，以为可师，皆公之力也！《易》曰："硕果不食。"其公之谓欤！公殁且百年，为北地之徒者，日归于腐败；而公之文愈著。天下言文之士，由当代而溯韩、柳氏者，必以公为小宗。然后知后世之公论，作者之精神，有以致之也！公所为文，在翰林应酬之作为多；较之宋文宪、方希古、苏平仲辈，虽篇幅谨严，稍逊前人之宽博；至其冥思入微，命词遣意，境界一新；其师蓦得力，自柳子《愚谷》诸记而来；即起方、宋于九原，未敢多让。加以力持风节，尝谏言官诤外戚之狱；为吏部侍郎，因群盗窃发，疏请早建储贰以系属人心。家居邻宁庶人馈遗。盖方正学之风节，《大庖西封事》之遗概，庶几似之！予既序选公集，列之有明大家，而复因其玄孙栗□之请，序其全。公集刻旴郡，刻南国子监。此本较二刻稍备。近武进尚书淇澳孙公复有选本；然吾不乐其与北地并推也！

罗文肃公者，南城罗玘，字景鸣，与何、李同时，而不涉声气；著有《圭峰文集》三十卷。其文规模韩愈，戛戛独造，多抑掩其意，迂折其词，所争在句法奇险之间；而磊落嵚崎，有意作态，不能如韩愈之浑噩。艾南英模仿欧阳，而生吞活剥，亦落肤剿，不能如归有光之神逸。以视李梦阳、王世贞之模秦仿汉，亦复鲁卫之政；何必此之为是而彼之为非！学秦汉文之落窠臼，而不免于肤剽者，李梦阳、王世贞也。学唐宋文之落窠臼，而一出于摹拟者，罗玘、艾南英也。钱谦益学欧阳修，面目全不似；而错综震荡，亦有气概。而艾南英学欧阳修，字句似；而拘挛系著，绝无神采。独论文诸书，抑扬爽朗，颇尽利钝；而《与陈子龙书》，尤极峻厉。

第十二节　张溥　陈子龙

方明之季，艾南英倡豫章社，衍归有光等之说，而畅其流。而华亭陈子龙字卧子者，则结几社，承王世贞等之说，而涤其滥。是时，太仓张溥字天如、张采字受先，共学齐名，号娄东二张；集吴中名士，相与复古学；而溥为主盟，编有《汉魏六朝百三家集》一百十八卷，名其文社曰复社。而子龙则与同里夏允彝等倡几社相应和，以昭明《文选》为门庭。而子龙最为雄桀，天才迅发，好上下古今，切合时务，而敷以藻艳。艾南英至云间，抗颜南面。惟子龙以少年与之争。南英主理学；子龙主议论；南英主秦汉；子龙主魏晋；互持不相下，至于攘臂；要其独主所见，不肯雷同，亦足以自豪也！早为警丽，晚而趋于平淡，悔其少作；则南英亦为降心相推焉！录《横云山石壁铭》曰：

> 横云山者，松之屏蔽。其山偃卧凭隆，平冈削麓。含泉窟石，气理顽秀；凿山消精，岁积齿齿，盖僻迥残壤，远寄者绝其盘游，荒荒莫纪。有石壁焉，削成峭崎，肤色黄艳，方数十丈，猿鸟莫度，下临石池，鳞峋笋起；右转而北，石貌横出，两峰交会，中涧深寂，涧末委潭，测之以绠，未及垂止。斯亦方内之邃

迹，浅境之壮观矣！环壁包池，则李氏之园在焉；既剪丛棘，遂有堂宇；濯洼以俟雨；植枫而缀秋。涉冬之阳，李氏携客信宿。落叶零翠，寒山冻青，风消夕醉，月照宵遨，辨隔浦之归渔，习空山之啸鬼，横览凄恻，悲凉莫馨！壁立峣屼，颓兮千古！乃作铭曰：

> 石髓凝风，云堆干雨。穴锁龙符，壁开灵斧。萝篆玄文，藓留青妩。滑磴疑猿，颓峰碍羽。泉覆群月，天空一秋。飞霜鸟路，结雾仟楼。碧摩偾莽，红落浮游。涧鬼恒聚，石鼠尝游。竹响无羁，草香不扫。风堕岩危，波摇木矫。地骨黄初，山眉黛老。矗望当星，潜看逼昊。窦乳欲法，择沙若明。傍崿虎瞰，阴濑蛟擎。岳堂中镇，湍桥宛萦，主情燕豫，客性峥嵘。考义古昔，揽时欣赏。酒寄怀深，诗安心荡。击火浮烟，缘溪拾橡。夜黑虚峤，幽魂下上！

语出生撰，调操险急，有李梦阳之奥古，而谢其剽袭；同王世贞之绚烂，而出以卓炼。雄骏驱迈，不如李、王，而短峭精悍，亦非李、王所及！李、王之文，排奡陵厉而出之；故浑灏流转之势盛。子龙之文，刮磨琢炼而出之。故道峭峻险之意多。其后峥嵘极而归平淡，如所为《仙都山志》，绝去雕饰，而突起纡行，峭收缦回；章妥句适，而出以千锤百炼；牢笼百态，旷如也，奥如也，虽柳州不加焉！陈子龙道丽惊挺，归有光简淡隽永，二子之文，吾未知所先后也！顾余姚黄宗羲梨洲，与子龙交契，而所选《明文授读》，不登子龙一篇；自来选家，亦罕有及之者；宁得谓之知言哉！惜其文不多见耳！

张溥高名盛气，以汉魏为东南倡，而笔力凡近，所为《五人墓记》，急转直落，有意效太史公之跌宕激射；而提不起，放不下，欲为雄骏而曾不能以疏快，且不得与艾南英比；调已靡矣！其稍入奥者，则又堆垛襞积，捃摭古语，而意涉于晦，不可以句读者，亦往往有焉！桐城方以智字密之，贵公子，而撰《文章薪火》，以唐宋大家为东南倡；特议论好为穿凿。然玄黄之会，文多伪体；而云间以华，桐城以朴，差有宗尚。陈子龙之于东汉，含英咀华所得者多。而以智志于马、班、韩、欧，则寝馈不深。后来西泠十子陆僎胡辈出于云间，而骈俪之体日雅。戴名世、方苞辈大昌桐城，而散体之文以沽。贞下起元，固始基之矣！

第二章

诗

第一节　总论

　　自来文人好标榜，诗人为多；而明之诗人尤甚！以诗也者，易能难精；而门径多歧，又不能别黑白而定一尊；于是不求其实，相竞于名，树职志，立门户。明太祖时，吴则有北郭十子，为高启、杨基、张羽、徐贲、余尧臣、王行、宋克、吕敏、陈则、释道衍。越则有会稽二肃，谓唐肃、谢肃。粤则有南园五子，为孙蕡、黄哲、王佐、李德、赵介。闽则有十子，为林鸿、王恭、王偁、高廷礼、陈亮、郑定、王褒、唐泰、周元、黄元。景帝时，有景泰十才子，为刘溥、汤胤绩、苏平、苏正、沈愚、晏铎、王淮、邹亮、蒋主忠、王贞庆。孝宗时，有前七子，为李梦阳、何景明、徐祯卿、边贡、王廷相、康海、王九思；七子中，去王廷相，加朱应登、顾璘、陈沂、郑善夫，号十子。世宗时，有嘉靖八才子，为李开先、王慎中、唐顺之、陈束、赵时春、任瀚、熊过、吕高。有后七子，为李攀龙、王世贞、谢榛、梁有誉、宗臣、徐中行、吴国伦。后五子，为张九一、张嘉胤、汪道昆、余曰德、魏裳。广五子，为卢柟、欧大任、俞允文、李先芳、吴维岳。续五子，为黎民表、王道行、石星、赵用贤、朱多煃。末五子，为屠隆、胡应麟、李维桢、吴旦、李时行。而梁有誉、欧大任、黎民表、吴旦、李时行，又为南园后五先生。神宗时，有嘉定四先生，为程嘉燧、李流芳、娄坚、唐时升。又有公安派，则袁宗道、袁宏道、袁中道；竟陵派，为钟惺、谭元春。然此百十人中，没世有称者，不过三四十人。而极其流变，则在振唐格以革元风，矫纤浓而为雄道。元末明初，杨维桢最为巨擘；然险怪仿昌谷，妖丽出温、李，以之自成一家则可；究非康庄大道。刘基独标骨干，时能规模杜、韩。而高启则才气超迈，音节响亮，出入于汉魏、六朝、唐、宋诸家，而自出新意；振元末纤秾缛丽之习，而开何、李复古之风；博大昌明，泱泱乎开国之气象也！要之明初诗人，以二分为冠；袁凯、杨基次之，张以宁、徐贲、张羽又次之；其以高、杨、张、徐为明初四家，固不若是班也！永乐以还，崇尚台阁体。李东阳力挽颓波。何、李七子，起而振之，诗遂复归于正。而李梦阳雄浑悲壮，鼓汤飞扬；何景明秀朗俊逸，回翔驰骤；同一宪章少陵，而所造各异；骎骎乎一代之盛，有非徐祯卿、边贡、王廷相、王九思、康海所可及者！而其时杨慎负高明伉爽之才，空所倚傍，拔戟于李、何之外而自成一队。薛蕙、高叔嗣并以冲淡为宗；华察希韦、柳之风；皇甫冲得晋宋之意；亦正嘉时之尔雅者也！后七子，王世贞乐府古体，卓尔名家；李攀龙七言近体，高华矜贵；未尝不各有所长；但其他锻炼未纯，摹古大甚；而谢榛、吴国伦、徐中行、宗臣、梁有誉等辅之，沿袭雷同，致来攻击之口。于是一变为公安之轻隽，再变为竟陵之僻涩，三变为陈继儒、程嘉燧之纤佻，而每况愈下矣！议者或极推嘉燧，刻论李、何，究不过为门户之见耳！万历以来，高攀龙雅淡清真，得陶公意趣；陈子龙垦辟榛芜，上窥正始；斯为不染时趋者矣！明诗源流，大抵如此。今博考诸家之集，参以众论，录其著者。

第二节　杨维桢　刘基　高启

易代之际，杨维桢诗名盖代，号铁崖体；而乐府其尤擅场者也！乐府始于汉武，后遂以官署之名，为文章之名。其初郊祀等歌，依律制诗；横吹诸曲，采诗协律；与古诗原不甚分。后乃声调迥殊，与诗异格，或拟旧谱，或制新题，辗转日增，体裁百出。大抵奇矫始于鲍照；变化极于李白；幽艳奇诡，别出蹊径，歧于李贺。元之季年，多效温庭筠体，柔媚旖旎，全类小词。维桢以横绝一世之才，乘其弊而力矫之，根柢于青莲、昌谷，纵横排奡，自辟町畦；传有《铁崖古乐府》十六卷（《四部丛刊》影印明成化刊本）；其高者或突过古人，其下者亦多堕入魔趣，故文采照映一时，而弹射者亦复四起！录《湖中女》《五湖游》两章：

湖 中 女

　　湖中水，滑如脂。湖中女，芙蓉姿。湖中小桨荡莲叶，唱得吴王白雪词。轻裾利屐踏雁足，为客高歌激明目。生年不作人家妇，东人西人换恩主。主家薄倖非三从，归来抱瑟弹孤鸿。君不见，东家女伴粗且丑，嫁得比邻呼何怂（读作钟）！

五 湖 游

　　鸱夷湖上水仙舟，舟中仙人十二楼。桃花春水连天浮，七十二黛吹落天外如青沤！道人谪此三千秋，手把一枝青玉虬。东扶海日红桑椹，海风约住吴王洲。吴王洲前校水战，水犀十万如浮沤。水声一夜入台沼，麋鹿已无台上游。歌吴歈，舞吴剑，招鸱夷兮狎阳侯。楼船不须到蓬丘，西施郑旦坐两头。道人卧舟吹铁笛，仰看青天天倒流。商老人，橘几奕？东方生，桃几偷？精卫塞海成瓯窭。海荡岷山漂髑髅。胡为不饮成春愁！

维桢诗以奇逸矫变凌跨一世；特其才务驰骋，意务新异，不免滋末流之弊！宋濂撰《维桢墓志》称："其于诗尤号名家，震荡陵厉，骎骎将逼盛唐；骤阅之，神出鬼殁，不可察其端倪。"而《答章秀才论诗书》，则曰："近来学者类多自高，操觚未能成章，辄阔视前古为无物，故其所作往往猖狂无伦，以扬沙走石为豪，而不复知有纯和冲粹之意；可胜叹哉！"意似为维桢发也，则固不无微词矣！崇德贝琼，字廷琚；从学于维桢，而其言曰："立言不在崭绝刻峭，而平衍为可观；不在荒唐险怪，而丰腴为可乐。"盖虽出于维桢之门，而宗旨颇不相袭者也。传有《清江贝先生集》四十一卷（《四部丛刊》影印明洪武刻本），其中《诗集》十卷，录《经故内》：

> 山中玉殿尽苍苔，天子蒙尘岂复回！地脉不从沧海断，潮声犹上浙东来。百年禁树知谁惜，三月宫花尚自开！此日登临解题赋，白头庾信不胜哀！

其诗温厚之中，自然高秀；不同维桢之方为奇矫也！

杨维桢以乐府擅声元代；然多构新题为古体，又辞华洗伐不尽。惟刘基锐意摹古，独标高格，力追杜、韩，而出以沉郁顿挫，遂开明三百年风气。而乐府高于古诗，古诗高于近体，五言近体又高于七言。元诗态浓而语纤；刘基干之以风力，辞意非常，骨气奇高，感慨同刘越石，险峻出韩退之，错综震荡；谢灵运《邺中诗》所谓"刘桢卓荦偏人，而文最有气，所得颇经奇"者也！若《二鬼》一篇，直欲破刘乂之胆矣！录《杂诗》：

> 小鱼头如针，大鱼须如松。小大各生育，孰私天地功！坤灵发淫怒，溟海簸惊风。大鱼食小鱼，陂池为之空。陂空水亦

竭，小大相唅喝。但见灌莽间，颅骨成嶙峋。残膏饫蝼蚁，孰辨鲸与鳅！

人生如浮云，飘摇无根蒂。昨暮青山阿，今朝沧海澨。风波无定时，沦踬难为计！是中苟不爽，曷问耿与翳。申胥存楚国，仲连却秦帝。此士虽则亡，英名千万世！

鹰本是鸷鸟，爪利翮劲疾。胡为化为鸠，钝拙无与匹！栖迟荆棘间，粒啄营口实。暮啼墙角雨，朝啼屋头日。昔为众鸟畏，今为众鸟咥。运命苦不常，孰为金石质！

急雨涨潢潦，沟池成五湖。青蛙与耿黾，得意鸣相呼。自谓乐无似，至足不求余！蓬莱有玄鹤，曾见东海枯。清夜唳长风，哀音绕天衢。使我起太息，黑鬓变霜须！

惟豻知祭兽，獭亦知祭鱼。豻獭有报本，人道当何如！华堂饫玉食，盗贼塞中途。那能不自愧，而以耀庸愚！吁嗟千载下，枯骨空专车！

天地若大瓮，万物生其腹。人犹腹中虫，蠢蠢随化育。钻攻无时休，脏腑为翻覆。帝青调元气，岂不畏戎毒！幡然命涤荡，汗下兼湧衄。蛊蛊自狂猘，涫沸交杀戮。何当暝眩定，风止水归渎。铸铁作锄犁，春耕待秋熟。

言在耳目之内，情寄八荒之表，雅壮而多风，造语奇伟，如千金骏足，飞腾飘瞥，墓涧注坡，不如维桢之有意奇诡，而自然高骧；一则文人之偏师出奇，一为志士之忧时托愤。是故非奇逸之难，有其胸次为难也！

长洲高启，字季迪；天才高逸，独为明开国诗人之冠！其于诗拟汉魏似汉魏，拟六朝似六朝，拟唐似唐，拟宋似宋，凡古人之所长，无不兼之，传有《诗集》十八卷（《四部丛刊》影印明景泰元年徐庸刻《大全集》本、清雍正六年桐乡金檀集注之文瑞楼刊本、近上海文瑞楼书庄影印文瑞楼原刊本），一洗元诗纤丽肤缛之习，而返之于古，启实为有力！然得名太早，殒折太速，未能镕铸变化，自为一家；故备有古人之格，而反不能名启为何格，此则天实限之，非启过也！特其摹仿古调之中，自有精神意象存乎其间。录《忆昨行寄吴中诸故人》：

> 忆昨结交豪侠客，意气相倾无促戚。十年离乱如不知，日费黄金出游剧。狐裘蒙茸欺北风，霹雳应手鸣雕弓。桓王墓下沙草内，仿佛地似辽城东。马行雪中四蹄热，流影欲追飞隼灭。归来笑学曹景宗，生击黄獐饮其血。皋桥泰娘双翠娥，唤来尊前为我歌，白日欲没奈愁何！回潭水绿春始波，此中夜游乐更多。月出东山白云里，照见船中笛声起。惊鸥飞过片片轻，有似梅花落江水。天峰最高明日登，手接飞鸟攀危藤。龙门路黑不可上，松风吹灭岩中灯。众客欲归我不能，更度前岭缘峻嶒。远携茗器下相候，喜有白首楞伽僧。馆娃离宫已为寺，香径无人欲愁思。醉题高壁墨如鸦，一半敧斜不成字。夫差城南天下稀，狂游累日忘却归。座中争起劝我酒，但道饮此无相违。自从飘零各江海，故旧如今几人在！荒烟落日野乌啼，寂寞青山颜亦改！须知少年乐事偏，当饮岂得言无钱！我今齿发虽未老，豪健已觉难如前。去日已去不可止，来日方来犹可喜。古来达士有名言，只说"人生行乐耳"。

顿挫浏亮，自选定其诗为《缶鸣集》；而王祎序而评之曰："季迪之诗，隽逸而清丽，如秋空飞隼，盘旋百折，招之不肯下。又如碧水夫渠，不假雕饰，翛然尘外，有君子之风焉！"明初吴下多诗人，启与杨基、张羽、徐贲称四杰，以配唐王、杨、卢、骆云。基，字孟载，传有《眉庵集》十二卷（南京龙蟠里图书馆藏有影写明重刊成化本），其诗颇沿元季纤秾之习，不如启之冲雅遒炼；然其五言古诗，风格颇上。羽，字来仪，传有《静居集》四卷（南京龙蟠里图书馆藏有钞明万历刊本）。其律诗意取俊逸，失之平熟；而五言古体，低昂婉转，殊有浏亮之作；至于歌行，笔力雄放，音节谐畅，足以放驾于启而为一时之豪。贲，字幼文，传有《北郭集》十卷（南京龙蟠里图书馆藏有影写明成化刊本）；

其诗才气不及高、杨、张，而法律谨严，字句熨贴，长篇短什，并首尾温丽，于三家别为一格。然唐四杰以材章丽赡为美；而明四杰以风骨腾骞为高，故龙头不得不属启也！华亭袁凯，字景文，以白燕诗得名，时称袁白燕。启赠诗曰："清新还似我，雄健不如他。"传有《海叟集》四卷（南京龙蟠里图书馆藏有明万历刊本又清光绪癸巳年徐氏观自得斋刊本）；而何景明序谓："明初诗人，以凯为冠。"盖凯古体多学《文选》，近体多学杜甫；与景明持论颇契，故有此语也。景明又极称："歌行得杜之体。"然伤乎直，殊少变化。七言断句，在李庶子、刘宾客间；高启、杨基俱不及也！然吴诗尚风骨。而闽派讲格调，其诗派祢三唐而祧宋元；善诗者称十才子，而福清林鸿字子羽者推巨擘焉！十才子者，闽郑定、侯官王褒、唐泰、长乐高棅、王恭、陈亮、永福王偁及鸿弟子周元、黄元时人目为二元者也。鸿论诗，大指谓"汉魏骨气虽雄，而菁华不足。晋祖元虚。宋尚条畅。齐梁以下，但务春华，少秋实。惟唐作者可谓大成；然贞观尚习故陋；神龙渐变常调；开元天宝间声律大备，学者当以是为楷式。"闽人言诗者，率本于鸿；传有《鸣盛集》四卷，宗法唐人，绳趋尺步，而无鹰扬虎视之致。"袁凯《海叟集》专学杜；而鸿《鸣盛集》专学唐；盖能极力摹拟，不但字面句法，并其题目亦效之；开卷骤视，宛若旧本；然细味之，求其流出肺腑，卓尔自立者，指不能一再屈也！"李东阳云。

第三节　李东阳　李梦阳　何景明　徐祯卿　杨慎

诗必盛唐以上，李梦阳、何景明所以高唱复古也。然李东阳实有开山之功。东阳宏奖群英，力追正始；由其天材颖异，长短丰约，高下疾徐，滔滔莽莽，惟意所如。其自序谓：
"耳目所接，兴况所寄，左触右激，发乎言而成声，虽欲止
之，有不可得而止者。"此自得之言也。录《灵寿杖歌》：

> 吾闻武当之山四万二千丈，半在云根半天上！不知三十六宫
> 何处称绝奇，产出灵株非一状。蛟螭盘拿露头角，态经树颠虎山
> 脚。根蟠节错相纠缠，含风饱云经炎寒。九年洪水之水浸不杀，
> 十日之日暴烈何时干！梯悬礳接跬步不可上，谁采青璧红琅玕。
> 见之羡者不容口，锡以嘉名曰灵寿；爪之不入行有声，金可同坚
> 石同久！吾家此物旧所有，神与相扶鬼为守。自从病足跛曳不得
> 前，已觉山林落吾手，一病经旬不出门，手中此杖嗟犹存！下床
> 敧足立不定，此时托子以为命。不顾四体无微疴，但愿谢病归山
> 阿。左扶右策夹以二童子，下可涉园径，上可凌陂陀。愿栽万本
> 截万杖，穷崖阴谷生森罗。灵兮寿兮此物倘可致，直遣四海赤子
> 头俱皤！

纵横跌宕，能盘硬语，极意规模少陵，何必李梦阳《空同
集》耶！而梦阳轻之，何也？近体雅驯清澈，律圆而调响，
亦深得唐意。录《游岳麓寺》：

> 危峰高瞰楚江干，路在羊肠第几盘？万树松杉双径合，四山
> 风雨一僧寒。平沙浅草连天远，落日孤城隔水看。蓟北湘南俱入
> 眼，鹧鸪声里独凭栏。

永乐以后诗，台阁体平熟，而理学诸公则近俚；得东
阳起而振之，如老鹤一鸣，喧啾俱废。后李梦阳、何景明继
起，廓而大之，骎骎乎一代之盛矣！李梦阳、何景明文必秦
汉、诗必盛唐，以上，而东阳文非秦汉，诗则盛唐也。

李梦阳五言古源本陈王、谢客，初不以杜为师；所云杜
体者，乃其摹拟之作，中多生吞语，偶附集中非得意诗也；
而学陈王、谢客者亦过雕刻，未极自然惟七言古及近体专仿

少陵，而超然蹊径之外。七言古雄浑悲壮，纵横变化；《明星》《去妇》《杜炼师》《刘大司马》等篇，跌宕奇矫；《士兵》《豆莝》之作，学杜而智过其师，俚质生硬，处正不易到。而七言近体，开合动宕，不拘故方，准之杜陵，亦几具体；故当雄视一代，邈焉寡俦！至五言律颇伤质直；而长律整栗，亦有支弱之习；《灵济宫》一篇，高出《松陵》；余则《华岳简何舍人鄱阳湖》诸作，亦可诵。七言绝，则学供奉；而五绝如《狱中咏将》诸篇，奇特可喜，是亦逸品。录《去妇词》《秋望》：

去 妇 词

孔雀南飞雁北翔，含颦揽涕下君堂！绣幕空留其菡萏，罗袪尚带双鸳鸯。菡萏鸳鸯谁不羡，人生一别何由见！只解黄金顷刻成，那知碧海须臾变。贱妾甘为覆地水，郎君忍作离弦箭！忆昔嫁来花满天，贱妾郎君俱少年。瑶台筑就犹嫌恶，金屋妆成不论钱。重楼复道天中起，结绮临春照春水。宛转流苏夜月前，萎迷宝瑟烟花里。夜月烟花不相待，安得朱颜常不改！若使相逢无别离，肯放驰波到东海。薄命难教娣姒知，衰年恨少姑嫜在。长安大道接燕川，邻里携壶旧路边。妾悲妾怨凭谁省，君舞君歌空自怜！郎君岂是会稽守，贱妾宁同会稽妇！郎乎幸爱千金躯，但愿新人故不如！

秋 望

黄河水绕汉边墙，河上秋风雁几行？客子过壕追野马，将军韬箭射天狼。黄尘古渡迷飞挽，白月横空冷战场。闻道朔方多勇略，只今谁是郭汾阳？

华州王维桢以为："七言律自杜甫以后，善用顿挫倒插之法，惟梦阳一人！"而何景明则讥之曰："子高处是古人影子耳！其下者，已落近代之口。未见子自筑一堂奥，突开一户牖，而以何急于下朽也！"梦阳论诗称陆、谢。而景明则箴之曰："陆诗，语俳，体不俳也。谢则体语俱俳矣！"又曰："空同刻意古范，铸形宿模，而独守尺寸。仆则欲富于材积，领会神情，临景构结，不仿形迹。诗曰：'惟其有之，是以似之。'以有求似，仆之愚也。近诗以盛唐为尚。宋人似苍老而实疏卤，元人似秀俊而实浅俗。今仆诗不免元习；而空同近作，间入于宋。譬之乐，众响赴会，条理乃贯；一音独奏，成章则难。故丝竹之音要眇，木革之音杀直；若独取杀直，而并弃要眇之声，何以穷极至妙，感精饰听也？空同丙寅间作，叩其音尚中金石。而江西以后之作，辞艰者意反近，意苦者辞反常；色澹黯而中理披慢，读之若摇鞭击铎耳！夫声以窍生，色以质丽。虚其窍，不假声矣！实其质，不假色矣！苟实其窍，虚其质，而求之声色之末，则终于无有矣！"梦阳主摹仿，景明则主创造。然景明不如梦阳之才大。梦阳亦逊景明之气清。梦阳诗以雄丽胜，景明诗以秀朗胜；同是宪章少陵，而所造各异。名成之后，互相诋諆。何诮李摇髑振铎，李诮何搏沙弄泥。何病李之杀直，李病何之缓散。两君皆负才傲物，而何稍和易，以是人多附之。亳州薛惠诗云："俊逸终怜何大复，粗豪不解李空同。"自此诗出，而抑李申何者日渐多矣！

何景明题画诸诗，源出少陵，匪徒貌似，神亦似之。而五言古，有三谢体，有少陵体。七言古则深崇唐四杰转韵之格。录《明月篇并序》：

> 仆始读杜子七言诗，爱其陈事切实，布词沉着。鄙心窃效之，以为长篇胜于子美矣！既而读汉魏以来歌诗及唐初四子者之所为，而反复之；则知汉魏固承《三百篇》之后，流风犹可征焉。而四子者，虽工富丽，去古远甚！至其音节，往往可歌。乃知子美词固沉着，而调失流转，虽成一家语，实则歌诗之变体也。夫诗，本性情而发者也；其切而易见者，莫如夫妇之间。是以《三百篇》首乎《关雎》，六义始乎《风》。而汉魏作者，义关君臣朋友，辞必托诸夫妇，以宣郁而达情焉，其旨远矣！由是观

之：子美之诗，博涉世故，而出于夫妇者常少；致兼雅颂，而风人之义或缺。此其调，或反在四子下欤？暇日为此篇，意调若仿佛四子；而才质猥弱，思致庸陋，故摛词芜秽，无复统饬。姑录之以俟审音者裁割焉。

长安月，离离出海峤！遥见层城隐半轮，渐见阿阁衔初照。激滟黄金波，团圆白玉盘！青天流景披红蕊，白露含辉泛紫兰。紫兰红蕊西风起，九衢夹道秋如水。锦幌高褰香雾浓，琐闱斜映轻霞举。雾沉霞落天宇开，万户千门月明里！月明皎皎陌东西，柏寝嵬峨望不迷。侯家台榭光先满，戚里笙歌影乍低。濯濯芙蓉生玉沼，娟娟杨柳覆金堤。凤凰楼上吹箫女，蟋蟀堂前织锦妻。别有深宫闭深院，年年岁岁愁相见！金屋萤流长信阶，绮栊燕入昭阳殿。赵女通宵侍御床，班姬此夕悲团扇。秋来明月照金微，榆黄沙白路逶迤。征夫塞上行怜影，少妇窗前想画眉。上林鸿雁书中恨，北地关山笛里悲。书中笛里空相忆，几见盈亏泪沾臆！红闺貌减落春华，玉门肠断逢秋色。春华秋色递如流，东家怨女上妆楼。流苏帐卷初安镜，翡翠帘开自上钩。河边织女期七夕，天上嫦娥奈九秋。七夕风涛还可渡，九秋霜露迥生愁！九秋七夕须臾易，盛年一去真堪惜！可怜扬彩入罗帏，可怜流素凝瑶席！未作当垆卖酒人，难邀入座援琴客。客心对此叹蹉跎，乌鹊南飞可奈何！江头商妇移船待，湖上佳人挟瑟歌。此时凭阑垂玉箸，此时灭烛敛青蛾。玉箸青蛾苦缄怨，缄怨含情不能吐！丽色春妍桃李蹊，迟辉晚媚菖蒲浦。与君相思在二八，与君相期在三五，空持夜被贴鸳鸯，空持暖玉擎鹦鹉。青衫泣掩琵琶弦，银屏忍对箜篌语。箜篌再弹月已微，穿廊入閤霭斜晖。归心日远大刀折，极目天涯破镜飞！

此篇词彩秾丽，音律婉谐，而木极秀朗，于景明为变格，乃极意摹唐四杰者。其他歌行如《听琴》《猎图》《送徐少参》《津市打鱼》诸篇，深得少陵之髓，特以秀色掩之耳！景明与梦阳书曰："仆尝谓诗文有不可易之法者，辞断而意属，职类而比物也。上考古圣立言，中征秦汉绪论，下采魏晋声诗，莫之有易也！夫文靡于隋，韩力振之；然古文之法亡于韩。诗溺于陶，谢力振之，然古诗之法亦亡于谢。"而梦阳则应之曰："假令仆即今为文一通，能辞不属，意不断，物联而类比矣；然于中情思涩促，语险而硬；音节生拗，质直而龊；浅谲露骨，爰痴爰枯，则子取之乎？故辞断而意属者，其体也，文之势也；联而比之者事也；柔澹者思也；含蓄者意也；典厚者义也；高古者格也；宛亮者调也；沉着雄丽、清峻闲雅者，才之类也，而发于辞；辞之畅者，其气也；中和者，气之最也。夫然又华之以色，永之以味，溢之以音。是以古之文者，一挥而众善具也；然其翕辟顿挫，尺尺而寸寸之，未始无法也；所谓圆规而方矩者也。然仆犹谓不证诸事，则空言不切；不切不信！夫子近作乖于法者，何也？盖其诗读之，若抟沙弄泥，散而不莹；又龊者弗雅也，如《月蚀诗妖遮赤道行》，是也。然阔大者鲜把持，又无针线。古人之作，其法虽多端；大抵前疏者后必密，半阔者半必细，一实者必一虚，叠景者意必二，此予之所谓法，圆规而方矩者也。沈约亦云：'若前有浮声，则后须切响。一简之内，音韵尽殊。两句之中，轻重悉异。'即如人身以魄载魂，生有此体，即有此法也。诗云：'有物有则。'故曹、刘、阮、陆、李、杜，能用之而不能异，能异之而不能不同。今人止见其异，而不见其同；宜其谓守法者为影子，而支离失真者以舍筏登岸自宽也！且仲默'《神女赋》《帝妃篇》《南游日》《北上年》'，四句接用，古有此法乎？水亭菡萏，风殿薜萝，意不一乎？盖君诗徒知神情会处，下笔成章为高；而不知高而不法，其势如搏巨蛇，驾风螭，步骤即奇，不足训也。君诗结语太咄易。七言律与绝句等更不成篇，亦寡音节。'百年''万里'，何其层见而迭出也？七言若剪得上二字，言何必七也？"即此可征何、李之异趣焉。宏正间，诗流特众；然皆近逐李、何。丰城熊卓字士选，寿张殷云霄字近夫，宝应朱应登字升之，梦阳派也。吴县顾璘字华玉，毫州薛蕙字君采，信阳戴冠字仲鹖，孟洋字望之，景明派也。惟徐祯卿虽服膺梦阳，然绝自名家。其与梦阳书曰："《古诗》三百，可以博其源；《遗篇》十九，可以约其趋；乐府雄高，可以励其气；《离骚》深永，可以裨其思；然后法经而植旨，绳古以崇辞。"揆其涂径，与梦阳不异。特梦阳才雄而气盛，故恢张其辞。祯卿虑澹而思深，故密运以意。当时不能与梦阳争先，日久论定，亦不与梦阳俱废也。

自祯卿少时，已工诗歌，多学六朝，旁参白居易、刘禹锡。及见梦阳，初犹倔强，赋诗曰："我虽甘为李左车，身未交锋心未服。顾余多见不知量，此项未肯下颇牧。"既而梦阳诒以书曰："仆窃谓足下过矣！夫诗，宣志而道和者也；故贵宛不贵险；贵质不贵靡；贵情不贵系；贵融洽不贵工巧；故曰：'闻其乐而知其德。'故音也者，愚智之大防，庄诐简佟浮孚之界分也。至元、白、韩、孟、皮、陆之徒出，始连联斗押，累累数千百言不相下；此何异于入市攫金，登场角戏也！三代而下，汉魏最近古。乡使繁巧险靡之习，诚贵于情质宛洽；而庄诐简佟浮孚，意义无大高下；汉魏诸子，不先为之耶！"祯卿折服，遂变面目。是时李、何并陈，未决雌雄。祯卿雄不及李，秀不及何，而风骨超然，遂成鼎足。咀六朝之精音，采初唐之妙则，其诗不专学太白，而仿佛近之。七言胜于五言；绝句尤胜诸体；《古宫词》《送萧若愚》等作，虽龙标太白复生，何多让焉！录《春思》《送萧若愚》：

春　思

渺渺春江空落晖，行人相顾欲沾衣！楚王宫外千条柳，不遣飞花送客归！

送　萧　若　愚

送君南下巴渝深，予亦迢迢湘水心。前路不知何地别，千山万壑暮猿吟！

祯卿未遇梦阳之时，先与祝允明、唐寅、文徵明善，号吴中四才子。允明与寅并以任诞为世指目。寅诗颓唐浅率，老益潦倒。而允明诗则取材颇富，造语亦妍，下撷晚唐，上薄六代，与祯卿别稿《鹦鹉编》《花间集》风格差似，有竹枝杨柳之韵。征明诗则雅饬之中，时饶逸韵；自云："吾少年学诗，从陆放翁入，故格调卑弱，不若诸君皆唐音也！"此所谓如鱼饮水，冷暖自知，皎然不诬其本志者矣！边贡与李梦阳、何景明、徐祯卿并称四杰，其诗才力雄健不及梦阳、景明；善于用长，意境清远，不及祯卿；而平淡和粹，能于沉稳处见其流丽；善于用短，而夷犹于诸人之间，以不战为胜者也！

杨慎以宰相子，文采照映；独不在七子声气之中，而其诗含吐六朝，以高明伉爽之才，鸿博绝丽之学，随题赋形，一空依傍；而于李、何诸子之外，异军特起。《南中稿》秾丽婉至，一集之胜！录《柳》：

> 垂杨垂柳管芳年，飞絮飞花媚远天。金距斗鸡寒食后，玉蛾翻雪暖风前。别离江上还河上，抛掷桥边与路边。游子魂销青塞月，美人肠断翠楼烟。

慎诗多用新事，工于设色，搜罗刻削，无出其右；而骈绘既繁，性情或尽；传谓美能没礼，诗亦有之，此其蔽也！

杨慎以意度秾丽，冠绝当代。而祥符高叔嗣字子业，无锡华察字子潜，长洲皇甫冲字子浚，又以造诣古淡，骖驾一时。高叔嗣初以诗受知于李梦阳；然摆脱窠臼，自抒性情，乃迥与梦阳异调。传有《苏门集》八卷（南京龙蟠里图书馆藏有明嘉靖刊本），五言尤工，冲淡得韦苏州体。录《病起偶题》：

　　空斋晨起坐，欢游罢不适！微雨东方来，阴霭倏终夕。久卧不知春，茫然怨行役。故园芳草色，惆怅今如积！

叔嗣诗如空山鼓琴，沉思忽往，木叶尽脱，石气自青。华察亦以五言冲淡，欲追陶韦，传有《岩居稿》。然垢氛已离，未穿溟涬。录《惠山寺与施子羽话别》：

　　看山不觉暝，月出禅林幽。夜静见空色，身闲忘去留。疏钟隔云度，残叶映泉流。此地欲为别，诸天暮生愁。

境事超诣，正复何减叔嗣，而叔嗣独憔瘁婉笃。皇甫冲与弟�涍、汸、濂，并有盛名，称四皇甫。而冲传有《华阳集》。其诗源出韦、柳，兼取材于潘左、江鲍，清音亮节，无一点纤浓之习。高叔嗣、华察而外，无有及之者。录《维摩寺雨坐》：

　　回岭无仄径，陟冈有夷壤。展眺入空濛，游心益昭朗！长风吹轻衣，飘摇翠微上。古寺迷夕烟，明灯淡绡幌。冥雨从东来，惊雷自西往。林峦忽不见，但闻山涧响。景寂非避喧，心莹乃成赏。为礼沉疴踪，因之知幻象。

绝去雕藻，益臻道亮。此则超绝风气，而自树帜于李、何之外者焉。

　　第四节　李攀龙　王世贞　宗臣　谢榛

　　王、李七子，绍述何、李，而李攀龙为之倡，极为王世贞所推，至谓"文许先秦上，诗卑正始还"，誉过其实。攀龙乃居之不疑。今观其诗，古乐府及五言古体，临摹太过，痕迹宛然。七言律及七言绝句，高华矜贵，脱弃凡庸，而七言律，人所共推，心摹手追者，王维、李颀也。录《抄秋登太华山绝顶》《寄王元美》。

抄秋登太华山绝顶

缥缈真探白帝宫，三峰此日为谁雄？苍龙半挂秦川雨，石马长嘶汉苑风。地敞中原秋色尽，天开万里夕阳空！平生突兀看人意，容尔深知造化功。

寄 王 元 美

蓟门城上月婆娑，玉笛谁为出塞歌？君自客中听不得，秋风吹落小黄河。

七言律已臻高格，未极变态。七言绝句，有神无迹，语近情深，故应跨越余子，为集中之冠！

嘉靖七子，王世贞才气十倍李攀龙，惟病在爱博；自珊瑚木难以及牛溲马勃，无所不有。乐府变化，奇奇正正，推陈出新，远非攀龙生吞活剥者可比！律体高华，绝亦典丽，虽锻炼未纯，不免华赡之余，时露浅率，亦未遽出攀龙下也！当日名虽七子，实则一雄，其自述曰："野夫兴就不复删，大海回风吹紫澜。"言虽大而非夸！录《战城南》《陵祀》：

战 城 南

战城南，城南壁；黑云压，我城北。伏兵捣我东，游骑抄我西，使我不得休息。黄尘合匝，日为青，天模糊。钲鼓发，乱欢呼。敌骑敛，飙迅驱。树若荠，草为枯。啼者何，父收子，妻问夫！戈甲委积，血淹头颅。家家招魂入，队队自哀呼！告主将，主将若不知！生为边陲士，野葬复何悲！釜中食，午未炊。惜其仓皇遂长诀，焉得一饱为！野风骚屑魂依之；曷不睹主将，高牙大纛坐城中，生当封彻侯，死当庙食无穷！

陵祀

　　松楸何不极，复道见行官。剑佩千官月，桥陵万马风。地回山尽拱，云合树俱雄。白首先朝事，伤心涕泪中！

世贞诗唱盛唐，然其诗亦有清透似宋人者。余爱其《短歌》数句云："不必名山藏，不必千金悬。归去来一壶，美酒抽一编。读罢一枕床头眠。天公未唤债未满，自吟自写终残年！"又《弃官》云："人生求官不可得，我今得官何弃之？六月绣襦黄金垂，行人拍手好威仪！与君说苦君不信，请君自衣当自知。"《明史》本传称世贞论诗，呵斥宋人，晚年临终犹手握《苏子瞻集》。此二诗果似子瞻。

　　嘉靖七子之有宗臣，犹徐祯卿之于何、李，诗才秀爽，与王、李同声气而不同格调。录《登云门诸山》：

　　　　山头日白云英英，千峰倒插千江明。手把芙蓉步石壁，苍翠乱射猿鸟惊。谁其云外吹紫笙，欲来不来空复情？天风吹我佩萧飒，恍疑身在昆仑行！

其诗跌宕俊逸，颇能取法太白；而自入七子之社，渐染习气，日以窘弱。然天子婉秀，吐属风流，究无剽剟填砌之习，本质犹未尽漓也！

　　七子结社之初，尚论有唐诸家，茫无适从。谢榛以布衣执牛耳，主选十四家诗，读熟之以奋神气，申咏之以求声调，玩味之以裒精华；得此三要，造乎浑沦，不必塑谪仙而画少陵。李攀龙极推之，赠诗曰："谢榛吾党彦，咄嗟名士籍。遂令清庙音，乃在褐衣客。"既而布衣高论，不为同社所安。攀龙乃遗书绝交，而其称诗之旨要，皆自榛发！诸人实心师其言也！榛近体工力深厚，句响而字稳。七子之流，莫之与京也！录《榆河晓发》《有感》：

榆 河 晓 发

朝晖开众山，遥见居庸关。云出三边外，风生万马间。征尘何日静，古戍几人闲？忽忆弃繻者，空渐旅鬓斑。

有 感

薄伐元中策，论兵自古难！汉唐频拓地，将帅几登坛。绝漠兼天尽，交河荡日寒！不知大宛马，曾复到长安！

榛五言近体，句烹字炼，气逸调高，当与李攀龙七言，骈称七子之冠云！七子中，徐中行、吴国伦咸工律绝。大抵七子可厌者，拟古乐府之生吞活剥耳！五古亦鲜真诣。七古高亮华美之作，自为可爱。至于七律七绝，则虚实开合，非仅浮声为贵！如谓其用字多同，格调若一。则又不尽然，观其随物赋形，古泽可掬，何尝不典且丽！至诗中常用好字，本自不多。陶、谢、韦、杜、王、孟诸公，无论何家，一集之中，比而观之，多有雷同；较其直际，亦不数见。则亦无事苛绳于七子矣！

第五节 袁宏道 高攀龙

王、李七子之派，极王而厌。徐渭欲以李长吉体变之，不能也！临川汤显祖欲以"南宋四家"尤、杨、范、陆体变之，不能也！长洲王稚登、吴江王叔承、鄞县屠隆虽迭有违言，然壁垒不张，均未足以相代。于是三袁兄弟起而乘之，其论诗以为："唐自有古诗，不必选体。中晚皆有诗，不必初盛。欧、苏、陈、黄各有诗，不必唐人。唐诗色泽鲜妍，如旦晚脱笔砚者：今诗才脱笔砚，已是陈言。岂非流自性灵，与出自剽拟所从来异乎！"一时闻者涣然神悟，若良药之解散，而沉疴之去体也。宗道首出，既以白苏名斋而导其源。宏道、中道继之，流波大畅，遂有公安体之目；而宏道最为白眉，中郎之名独著。白苏诗以容易出清真，自有神采，厥旨渊放，使人忘其鄙近；而宗道则颓波自放，舍其高洁，专尚鄙俚；作法于凉，后将何观！此则宗道之失也！惟宏道清新轻隽，时有合作。录《横塘渡》《妾薄命》：

横　塘　渡

横塘渡，临水步，郎西来，妾东去，感郎千金顾！妾家住红桥，朱门十字路。认取辛夷花，莫过杨梅树！

妾　薄　命

落花去故条，尚有根可依！妇人失夫心，含情欲告谁！灯光不到明，宠极心还变。只此双蛾眉，供得几回盼！看多自成故，未必真衰老！辟彼数开花，不若初生草！

其集中诗亦时涉俳谐调笑，如《西湖》云："一日湖上行。一日湖上坐。一日湖上住。一日湖上卧。"《偶见自发》云："无端见白发，欲哭反成笑！自喜笑中意，一笑又一跳。"《严陵钓台》云："人言汉梅福，君之妻父也。"其弟中道为之说曰："吾兄《锦帆解脱》等集，意在破人执缚。间有率意游戏之语，或快爽之极，浮而不沉；情景太真，近而不远；要出自性灵，足以荡涤尘坌。"学者不察，效颦学语，其究为俚俗，为纤巧，为莽荡；乌焉三写，弊有必至，非中郎之本旨也！中道才逊中郎，而雅饬过伯氏，传有《珂雪斋集》。

无锡高攀龙字云从，理学大儒，与三袁同时，其为诗亦尚清真，而冲淡入古，不事俳佻，足拔戟自成一队。传有《高子遗书》十二卷，其第六卷，则诗也。录《夏日闲居》《夜步》：

夏 日 闲 居

　　长夏此静坐，终日无一言。问君何所为？无事心自闲。细雨渔舟归，儿童喧树间。北风忽南来，落日在远山。顾此有好怀，酌酒遂陶然。池中鸥飞去，两两复来还。

夜 步

　　幽人夜未眠，月出每孤往。繁林乱萤照，村屋人语响。宿鸟时一鸣，草径露微上。欣然意有会，谁与共心赏！

无心学陶，天趣自会，以视公安之俳俚杂出者，何啻雅俗之别！然后知涤王、李之富丽，而返正始之元音者，当在此而不在彼也。

第六节　钟惺　谭元春　陈子龙

　　钟惺与谭元春评选唐人之诗为《唐诗归》，又评选隋以前诗为《古诗归》，风行一时，几于家弦户诵，而竟陵派之名以起。盖承前后七子藻丽乔皇之后，所选《唐诗》，专取清瘦淡远一路，其人人所读，若李太白之古风，杜少陵之《秋兴》《诸将》，皆不入选。公安以轻俊矫王、李之缛重；而竟陵以幽冷洗王、李之绚烂；所谓厌刍豢，思螺蛤也。盛名之致，会当其时；纤巨高卑，视所成就。要亦秉其夙悟，运以苦思，执专门之巨规，树并时之壁垒。而小道易泥，欹器惧盈。于诗学虽不甚浅，而他学问实未有得，故说诗既不能触处洞然，自不能抛砖落地。往往有"说不得""不可解"等评语，内实模糊影响，外似超超玄箸；虽惊流俗之观，益来识者之诟；根本不实，洼水即干，吹毛索瘢，遂无全体！然极可医庸肤之病。而惺生当晚明，复为党论所挤，当时以大行拟科，忽出而为南仪曹，志节不舒，而不肯赶热;"冷"之一言,其诗文,其学行皆主之。平日究心《经》《史》《庄》《骚》,以官为隐,以读书为官,其人其品实不可及!而其诗有《隐秀轩集》,其手近隘,其心独狠,要是著意读书人,可谓之偏枯,不得目为肤浅。其于师友骨肉存亡之间,深情苦语,令人酸鼻,则又未可以一冷字抹煞。大抵惺之诗,如橘皮橄榄汤,在醉饱后,洗涤肠胃最善,饥时却用不得。然当其时,天下文章,酒池肉林矣!那得不推为俊物也!录《上巳雨登雨花台》《巴东道中示弟怿》:

上巳雨登雨花台

去年当上巳,记集寇家亭。今昔分阴霁,悲欢异醉醒!可怜三月草,未了六朝青!花作残春雨,春归不肯停!

巴东道中示弟怿

山中未必雨,云起已生愁!峡窄天多暮,江高地易秋!连朝皆陟岭,兹路独临流。欲画瞿塘胜,归途定觅舟。

幽深孤峭,手眼别出;而情性所薄,时有名理;山水所发,弥见清思。惟才小气窄,体轻腹陋,意邻浅直,格囿卑寒,故为不了之语,每涉鬼趣之言;故或片语可称,全篇趁取;此其蔽也!然惺为人严冷,不喜接俗客;湖海之声气未广。籍谭元春应和之,派乃盛行。而元春才不如惺,诗为幽峭则一;传有《岳归堂集》十卷。录《夜次阳逻同夏平寻山》《游九峰山》:

夜次阳逻同夏平寻山

静人真可偕,高趣脱无逆。人家残涨后,初干沙纹迹。软步过秋草,寂寂林下宅。宅边如有径,谅为兹山辟。微茫犬吠巅,向下人声积。高处天地灵,长江动空碧。一灯磬杳然,岭为溪所隔。不必诣其所,惆怅亦有获!

游 九 峰 山

众山作寺围，群松作山护。缠绵青翠光，山欲化为树。根斜即倚磴，枝隙已通路。阴云贯其下，常令白日暮。藤刺里山巅，飞鸟慎勿度。

模山范水，特工五言；朗秀处似王右丞，险健处似孟东野；其病在时涉俳俚；缠字复意，不免间出，作枯窘寒俭相；又往往上下语不相应；如能芟去芜枝，迥然孤秀，亦复何减古人！然竟陵之体靡天下；而后进之学者，大江以南更甚；得其形貌，遗其神情。有贾岛之苦僻，无孟郊之坚苍，以寂寥言精练，以寡约言清远，以俚浅言冲淡，以生涩言新裁；篇章字句之间，每多重复，稍下一二助语，辄以号于人曰："吾诗空灵已极。"空则有之，灵则何曾；见斥艺林，盖有由已！然而非钟、谭之罪也！

歙县程嘉燧，字孟阳，亦不为何、李、王、李者，诗亦娟秀少尘，而不免纤窕；著有《松圆浪淘集》。钱谦益深惩何、李、王、李流派，乃于明三百年中，特尊之为诗老。然格调极卑，时涉秽俚；近体多于古风，七律多于五律，才庸而气弱，固卑之无甚高论矣！华亭陈继儒字仲醇，以处士虚声，倾动朝野；传有《眉公集》，而纤词浮语，更下松圆一等。

王、李道尽，公安之派浸广，竟陵之焰顿兴，一时好异者诪张为幻。而有振七子之坠绪，返俚浅于茂典者，陈子龙也；实以沉博绝丽之才，领袖几社。而同郡夏完淳字存古，髫龄崛起，如响斯应。誉之者谓其廓清榛芜，力追先正；而诋之者则曰七子窠臼，徒为虚嚣。然以此结明三百年之诗局，而与开一代风气之高启，后先辉映；亦足以觇复古为明文学之主潮，诗亦不在例外；所谓君以此始，亦以此终也！子龙有《白云草庐居》《湘真阁》诸稿，尤工七言古。录

《小车行》《边词》：

小 车 行

　　小车班班黄尘晚！夫为推，妇为挽。出门何所之？青青者榆疗吾饥，愿得乐土共哺糜。风吹黄蒿，望见墙宇。中有主人当饲汝。叩门无人室无釜，踯躅空巷泪如雨！

边 词

　　大同女儿颜如花，十五学得筝琵琶。莫向中宵弹一曲，清霜明月尽思家！

　　八城亦是古辽西，大纛高牙万马齐。壮士锦衣行乐地，十年无梦到春闺！

　　子龙七古跌宕自喜，取藻于六朝四杰，而出入太白、昌谷；所惜铺叙华缛，动出一轨，不免与七子同讥；又时杂以豪粗耳！然子龙之诗，不脱王、李之窠臼；而子龙之词，则直造唐人之奥宇。词至南宋之季，几成绝响；知比兴者，元张翥之《蜕岩词》而已！明初作者，犹承张翥之规，不乖于风雅。永乐以后，南宋诸名家词，皆不显于世，盛行者为《花间集》《草堂诗余》二选。杨慎、王世贞辈之小令中调，犹有可取；长调皆失之俚。惟陈子龙之《湘真阁》《江篱槛》诸词，风流婉丽，足继南唐后主；则得于天者独优也！观其所作，神韵天然，风味不尽，如瑶台仙子，独立却扇时；而《湘真》一刻，晚年所作，寄意更绵邈悽恻，言内意外，已无遗议。故附论之。

第三章

曲

曲，有杂剧，有传奇。明代诗文与宋元异；而明曲亦与元曲异，大抵由俗而文，用夏变夷。杂剧极盛于元。南戏继起有明。而原南戏之兴，当在宋光宗朝，永嘉人作《赵贞女》《王魁》二传，实为首唱。或云：宣和间已有萌芽，至南渡时，则盛行，号曰永嘉杂剧；其文字即本宋人词，而益以里巷歌谣，不协宫征。至元时杂剧蔚兴，南戏衰熄，迨高则诚《琵琶传》出，尽洗胡元古鲁兀剌之风，而易之以缠绵顿宕之声，明太祖亟称焉；于是海内向风，别名为南曲，以元套杂剧为北曲，而相骖靳。此一时也。澉川杨康惠公梓在元时，得贯云石之传，尝作《豫让》《霍光》《尉迟敬德》诸剧，流传宇内，与中原弦索抗行。而公子国材，复与鲜于去矜交游，以乐府世其家；总得南声之秘奥，别创新音，号为海盐调；西江、两京间翕然和之。此一时也。徐渭著《四声猿》杂剧，中《女状元》一剧，独以南词作之，破杂剧定格。而太仓魏良辅、昆山梁辰鱼以善讴名吴中，良辅探讨声韵，坐卧一小楼者十余年，考订《琵琶传》板式，造水磨调。辰鱼作《浣纱记》付之，流丽稳协，天下始有清音，号曰昆曲，历世三百，莫不颎首倾耳，奉为雅乐。然梁辰鱼以南词负盛名，北剧亦雅擅场，而所为《红线》一剧，宾白科段，纯为南态；所异者，止用北词耳！此又一时也。明之中叶，杂剧亦用南词，传奇间取北曲者，此又事之变也，不可绳之以法也。大抵元词以拙朴胜，明则妍丽矣！元剧排场至劣，明则有次第矣！故曰明曲与元曲不同也。吾友吴瞿安先生梅有专书备论之，兹不具述。而要删其指以备一格。大抵明文之异于宋元者，排唐宋以力追秦汉也。明诗之异于宋元者，排宋元以还之汉、魏、盛唐也。明曲之异于元曲者，排胡音以还我夏风也。要之反本修古，不忘其初而已矣！

第四章

八股文

第一节　总论

　　八股文，亦名《四书》文。《四书》文者，以命题言之也。八股文者，以体制言之也。或称帖括，即唐帖经。亦名经义，即唐墨义。顾唐人帖经，犹今默写经书，无文词之发，非八股文比。而明之八股文，排比声调，裁对整齐，即唐人所试之律试律赋，貌虽殊而其体则一也。亦称时文，则对古文而言。其初宋仁宗笃意经学，王安石请兴建学校，因言："学者专意经术，庶几可以复古。"于是改取士之法，罢诗赋帖经墨义，士各占治《易》《书》《诗》《周礼》《礼记》一经，兼《论语》《孟子》，每试四场，初大经，次兼经，大义凡十道；后改《论语》《孟子》义各三道；命中书撰大义式颁行。王安石奋笔为之，存文十篇；或谨严峭劲，附题诠释；或震荡排奡，独抒己见；一则时文之祖也，一则古文之遗也。眉山苏氏父子，亦出其古文之余，以与安石抗手；然皆独摅伟论，不沾沾于代古人语气；其代古人语气者，自南宋杨万里始。此则《四书》文所由昉也。第北宋只《论》《孟》命题，不及《大学》《中庸》。有之，当在南渡以后。朱子尝为私议，欲罢诗赋，而分诸经子史时务之年。诸经以子午卯酉四科试之，皆兼《大学》《论语》《中庸》《孟子》义一道。元仁宗皇庆二年，中书省臣奏科举事，专立德行明经之科，乃下诏及条目颁行，出题用《四子书》。明初即制国学，每月试经书义各一道。洪武三年八月，京师及各行省开乡试。初场《四书》疑问，本经义，及《四书》义各一道。诸生应试之文，通称举业；《四书》义一道，二百字以上；经义一道，三百字以上；取书旨明晰，不尚华采；其命题专取《四子书》及《易》《书》《诗》《春秋》《礼记》五经，遂为定制。然英宗天顺以前，举业之文，亦不过敷衍传注，或对或散，初无定式，而宪宗成化以后，始为八股。其法，截本题为两截，每截作四股，每四股之中，一反一正，一虚一实，一浅一深；其两扇立格，则每扇之中，各有四股，其次第之法亦如之；故谓之八股；而未入口气以前，先以破题，次以承题；篇末敷衍圣人言毕，自摅所见，或数十字，或百余字，谓之大结，可以发挥时事；以后功令益密，恐有借以自炫者，但许言前代，不及本朝；大结无可发挥，止三四句而已！明初举业文多散佚。开国会元，首推黄子澄。而成祖时，登第者，则于谦、薛瑄，差有传作；谦英风飙发，瑄醇白无疵，各肖其人。英宗嗣位，商辂、陈献章、岳正、王恕蝉联鹊起。及邱浚教习国子，人材蔚起；乙未主试，冠会榜者王鏊，魁大延者谢迁，则浚之有以乐育之也。其时李东阳屡掌文衡，振起之功，亦复不少！罗伦、章懋、林瀚、吴宽诸人，云蒸霞蔚，济济盈门；而林瀚之文，谈理真实，而行之以繁重纡

曲；吴宽则春容大雅，不动声色，尤文之以养胜者！然称
为斯文宗主，则首推王鏊，虽谢迁之清刚古朴，不让于鏊；
究不若其神完气足，理法纯备也！至孝宗弘治庚戌，钱福
会榜第一，因而王、钱并称。其后冠会榜者，惟董圮可与
二家鼎足而立。大抵王翱长于论议。钱福善于刻画。而圮
则游行理窟，自成大家，非他人所可及，亦非识者莫能辨；
故王、钱文易读，而圮文难读；王、钱体正大，圮格孤
高。王、钱之后，衍于唐顺之，终明之世，号曰元灯。而
圮之文，其传遂绝，三百年间无问津者。今读其文，神骨
高骞，绝似古文之韩愈，知其用功者深也！唐顺之传王鏊
之法，而运以唐宋古文雄肆之气，以世宗嘉靖己丑得隽会
榜，遂冠绝诸家；盖其于经史子集，靡不贯通，而融裁之
以八股文字。浑灏流转，品独高绝！而瞿景淳又以精确冲
夷，别树一帜，合之王、钱、唐三人，因有四家之目。薛
应旂贯通《六经》，发而为文，如金出冶，如玉离璞，光
芒焕发；遂有退钱而进薛以合王、唐、瞿为四家者。而究
其以古文为时文，使天下复见宋人经义之旧者，则惟归有
光之功独称茂焉！王鏊善用偶。有光善用奇。有光宗法在
钱，而名理过之！观其高古，则秦汉也！其疏畅排宕，则
唐宋八家也！而其法律精严，于题位不溢不漏，则又为时
文之大宗；而跌宕磅礴，看似散行，细玩乃见其股法之
变；实有明一代八股文大宗也！其后胡友信相继而起，则
又家数纯似王鏊，而出以浩气，不为鏊之熟圆！或以友信
与有光追配王、唐，所谓王、唐归胡者也！茅坤与唐顺之
讲贯，善抉古人之奥，以太史公为师，以韩、柳、欧、苏
为友，而施之举业，亦为别调独弹。艾南英论举业首推归
有光，继又以坤为上，二说相持未定，要之有光文固涵盖
一世，而古雅温醇，坤亦何遽不相及也！乃至神宗万历一
变而为陵驾，再变而为靳削。降逮熹宗天启，文章削薄已

极。一时转移风气，豫章四家之力为多！陈际泰文最奇横，如苏海韩潮。章世纯幽深劲鸷，如龙蟠蛟起。罗万藻清微淡远，如疏雨微云。而艾南英则所谓公输运斤，指挥如意；师旷辨音，纤微必审者也！世人翕然归之，称为章、罗、陈、艾。大抵天启之文，深入而失于太苦。崇祯之文，畅发而又嫌太尽。独金声崛起为雄，幽深矫拔，力追古初。而陈子龙清奇冷隽，取材于韩非《八奸》《五蠹》《说难》《孤愤》诸篇，而运以魏晋风藻，故足别开生面者也！自科举废而八股成绝响，然亦文章得失之林也！明贤抉发理奥，洞明世故，往往以古人为时文，借题发挥，三百年之人文系焉！吾友吴瞿安先生尝言："明代文章，止有八比之时文，与四十出之传奇，为别创之格。"（语见《顾曲麈谈》）吾友既备论曲学矣，独八股文阙焉放废，遂为明其流变，著其名家，以俟成学治国闻者有考焉！

第二节　黄子澄　姚广孝

分宜黄子澄名湜，以字行，洪武十八年会试第一，首题为《论语》："天下有道，则礼乐征伐，自天子出。"其文章庄重典雅，自来著录八股文者，以此为台阁文字，开国之冠。其辞曰：

> 治道隆于一世，政柄统于一人。夫政之所在，治之所在也。礼乐征伐，皆统于天子，非天下有道之世而何哉！昔圣人通论天下之势，首举其盛为言，若曰：天下大政，固非一端。天子至尊，实无二上！是故民安物阜，群黎乐四海之无虞。天开日明，万国仰一人之有庆。主圣而明，臣贤而良，朝廷有穆皇之美也！治隆于上，俗美于下，海宇皆熙暭之休也！非天下有道之时乎！

当斯时也，语离明，则一人所独居也。语乾纲，则一人所独断也。若礼若乐，国之大柄；则以天子操之，而掌于宗伯。若征若伐，国之大权；则以天子主之，而掌于司马。一制度，一声容，议之者天子；不闻以诸侯而变之也！一生杀，一予夺，制之者天子；不闻以大夫而擅之也！皇灵丕振，而尧封之内，咸懔圣主之威严！王纲独握，而禹甸之中，皆仰一王之制度！信乎！非天下有道之盛世，孰能若此哉！

时未立试牍科条，雍容揄扬，颇涉颂体；而收纵之机，浩荡之气，呵成一片，元气浑囵；亟应首录以存举业之河源。其直射本题下文"诸侯""大夫"字样而不为侵下；亦可知当日格式尚宽也！

长洲姚广孝，为僧，名道衍，洪武中，诏通儒书僧试礼部，不受官；以僧服与谋人家国，佐成祖起兵；而为《大学》"所谓诚其意者，毋自欺也，如恶恶臭，如好好色，此之谓自慊，故君子必慎其独也，小人闲居为不善，无所不至，见君子而后厌然，掩其不善而著其善，人之视己，如见其肺肝然，则何益矣，此谓诚于中，形于外，故君子必慎其独也。"题文；至云"虽以圣人帝王，而不能无杂霸之心，即不能无盗跖之心"，语奇辟未经人道，亦可见心术形于文章，有不自掩者！其辞曰：

诚意之功在独，非慎不可也。夫不慎独，则意得欺之；此君子而小人也。盖闻明德以天下为体，然每为天下之念所昏。圣经以致知言诚意而求端于格物，此有深意焉！夫所格者何物也？若曰：一人明德耳，何为天下国家之皆贯其间？则必有为人一念欺吾初心；是与小人之不格物者一也。如何修身然后齐治平皆在其间？又有求人一念并欺我知；是与小人之不能致知者一也。凡好恶发于赤子之真，皆可通之天下；此圣贤之意，亦帝王之意自慊也。凡好恶为天下而饰，即非赤子之真；此杂霸之意，即盗跖之意自欺也。虽以圣人帝王，而不能无杂霸之心，即不能无盗跖之心；故君子必慎其独也。慎之何如？时时格物，则时时知致矣。少人惟致知格物之间，略有不慎，而求之天下。圣人王者方持大鉴以照心中之盗跖，而天下之盗跖，皆入其鉴。此小人之所以不免也。嗟呼！小人亦误求之天下之间，而失之于先后焉者也！其害如此，可不慎哉！惟慎，故格物致知；格物致知，正慎也；此明明德也；诚意者可不知哉！

隽桀廉悍，其气卓荦，自与黄子澄之雍容揄扬不同。然一浑雅，一奇警，虽规模粗具，而气象岸异，大朴不琱，可以概见。世论多以八股文代古人语气，未易见抱负。然非所论于豪杰；而明贤借题发挥，往往独抒伟抱，无依阿沵涊之态；如姚广孝之放言不顾，其一例也！又如钱唐于谦字廷益，遭逢国变，主虑寇深；而扶危定倾，措置若定；然亦蕴之有素。观其为《孟子》"不待三然则子之失伍也亦多矣"题八股文，起讲云："且国家之倚重者有二：遇战斗，则用介胄之士。遇绥靖，则用旬宣之臣。故兵法严，则士奋勇。吏治肃，则官效职。人君以驭兵之法驭臣，则吏治精矣！人臣以死绥之义死职，则官职当矣！"而后幅则曰："一失伍，则执而论之有司，何至于再！再失伍，则缚而僇之于社，何至于三！盖有死无犯，军之善政也。信赏必罚，国之大经也。此大夫之所素明也！今子莅官以来，所谓奉职循理者安在？其于怠事，不啻再矣！岂士以贱刑，官以贵贷耶！由子旷官以来，所谓省愆讼过者安在？拟之以失伍，亦已多矣！岂士不致于再，官不惮其多耶！"辣手铸文章，天下逃将旷官，一齐胆破！心存开济，吐言天拔，其素所蓄积也！亦何嫌于举业之消磨志气哉！无亦志气之自不振耳！

第三节　唐顺之　归有光

　　吴县王鏊，字济之；少善八股文，及贵显，数典乡试，程文魁一代。八股文之有鏊，如诗之有杜甫，古文之有韩愈；前此风会未开，鏊无所不有；后此时流屡变，鏊无所不包。前人语句，多对而不对，参差洒落，虽颇近古；终不如鏊裁对整齐，机调熟圆，为举业正法眼藏！若乃手眼别出，我行我法，而以古文为时文，于熟圆出苍坚者，则自唐顺之倡之也。如《孟子》"子莫执中，执中为近之，执中无权，犹执一也。"题文曰：

　　　　时人欲矫异端之偏，而不知其自陷于偏也！盖不偏之谓中，而用中者权也。子莫欲矫杨、墨之偏而不知权焉，则亦一偏而已！此孟子斥其弊以立吾道之准也。且夫吾道理一而分殊；而为我之与兼爱，固皆去道甚远者也。吾道以一而贯万；而执其为我与执其兼爱者，固皆执一而不通者也。于是有子莫者，知夫杨、墨之弊，而参之于杨、墨之间，以求执乎其中焉。盖曰：其孑孑然以绝物如杨子者，吾不忍为也！但不至于兼爱而已矣。其煦煦然以徇物如墨子者，吾不暇为也！但不至于为我而已矣。自其不为我也，疑于逃杨而归仁。自其不为兼爱也，疑于逃墨而归义。子莫之于道，似为近也；然不知随时从道之谓权，以权应物之谓中；而杨、墨之间，非所以求中也！徒知夫绝物之不可；而不知称物以平施，则为我固不为也，而吾道之独善其身者，彼亦以为近于为我而莫之敢为矣！徒知夫徇物之不可；而不能因物以付物，则兼爱固不为也，而吾道之兼善天下者，彼亦以为近于兼爱而莫之肯为矣！虽曰将以逃杨也；然杨子有见于我，无见于人；而子莫有见于固，无见于通；要之均为一曲之学而已！知周万变者果如是乎！虽曰将以逃墨也；然墨子有见于人，无见于我；而子莫有见于迹，无见于化；要之均为一隅之蔽而已！泛应不穷者果如是乎！夫为我，一也；兼爱，一也；故杨、墨之为执一易知。中，非一也；中而无权，则中亦一也；故子莫之为执一难知也。非孟子辞而辟之，则人鲜不以子莫为能通乎道者矣！

其文内坚凝而外浑厚，如一笔书成，而曲折相生，反正相顾，平舒叠幻，如山川之出云；而其实熟极生巧，故有神明于王鏊之矩镬以自出变化。大抵举业之文，体气至王鏊而正；规模至顺之乃大！顺之有自为诗云："文入妙来无过熟，书从疑处更须参。"此顺之自道其所得也！其举业文，纵放出东坡，拗峭敩荆公，放而能收，散而能敛，一开一合，规矩出神明；凡八股文两扇中作一纽遥对，始自顺之！

归有光亦以古文为时文，古文出欧阳修，而举业则取径于苏氏父子，肆之为恢闳，泽之以经史，融裁古人语，浑如己出；实大声闳，驾顺之而出其上！如《孟子》："天子一位，公一位，侯一位，伯一位，子男同一位，凡五等也。君一位，卿一位，大夫一位，上士一位，中士一位，下士一位，凡六等。"题文曰：

> 大贤详周室班爵之制，内外各有其等也。夫爵者，先王所以列贵贱也；内外异等，而天下之势成矣。且夫有天下者不以自私；而选贤与能以与天下共焉，兹明王所以奉若天道者也；而制尽于成周矣！自其通于天下者言之：盖无所不统谓之天子；天子无爵也，而爵之所尊也；六合之内，无以加矣！于是乎天子端冕于内，六服承辟于外，锡之命而重藩翰之寄，胙之土而同带砺之盟。公也，侯也，伯也，各一位也，名异而等不同也；子也，男也，同一位也，名异而等不异也；合之凡五等矣。要之先王非私天下而相与为赐也；顾寰宇之广，亿兆之众，苟非闻见之所及，则智虑有所不周，而天下之情，必有壅而不通者矣！故为之众建诸侯，而使之错壤以居以大弼成之义；而内外相统，远近相维，则运臂使指之势以成；而五服之长，外薄四海矣！然则有天子，必有诸侯；有诸侯，必有公侯伯子男者，势也。此先生所以联属天下而尽其大者也。自其施于国中者言之：盖自天子至于子男，皆谓之君；君诏爵者也，而爵之所先也；域中之大，无以加矣！

于是乎各君其国，则各统其臣，论官材而俾之咸熙庶绩，亮天工而俾之弼予一人。卿也，大夫也，各一位也，官异而秩亦异也；上士也，中士也，下士也，各一位也，士同而品不同也；合之凡六等矣。要之先王非侈名号而相与为荣也；顾委寄之重，几务之丛，苟非耳目之所寄，则聪明有所不及，而天下之事，必有偏而不举者矣！故为之广置官属，而使之分职以治以尽协恭之义；而上下相承，体统相系，则丝联绳牵之势以成；而九牧之长，阜成兆民矣！然则有君必有臣；有臣必有卿大夫士者，亦势也。此先王所以经理一国而尽其细者也。是知合六等以治五等之国，合五等以一天下之势，周室班爵之制，有如此者。

其为文高视阔步，置身题外以写题中，绝去时文束缚之苦；凡直起直落，承题不复破题，起讲不复承题，是古文佳境，惟有光能之！后德清胡友信与齐名，世并称归、胡。友信亦博通经史，沛然出之，无事长篇大论，局敛而气自开拓！

第四节　陈际泰　艾南英

嘉靖以前，如王、唐、归、胡，文以实胜。而隆庆、万历以后，文以虚胜。嘉靖文转处皆折；隆万始圆；圆机，邓以赞开之也。嘉靖文妙处皆生；隆万始熟；熟调，许獬开之也。圆之极而趋于薄。熟之极而入于腐。艾南英深嫉之，起于江西，与同郡章世纯、罗万藻、陈际泰以兴起斯文为己任，乃刻四人所作行之世，以开天、崇两朝清刚警卓之风，而结有明三百年八股之局；世翕然称豫章四家。而临川陈际泰，字大士，积健为雄，返虚入浑，万流景仰，尤为绝出！际泰产于贫家，常借邻人书读之，不受师传卒成大家；其学无所承借，一览数行，手口耳目并用，质甚奇！日构数十艺，作文盈万，才甚捷！变通先辈，自为面目，法甚高！为诸生时，所作文遍天下，士大夫皆愿与交。有以《四书》疑义质者，辄口占以示，即未成章，或二股，或四股，出没纵横，每多精义，后遂集为《四书读》。其稿中一题数义者甚多；如《孟子》"充类至义之尽也"题文凡五篇，一气衔接，意境如辘轳之相引；举业家以此为直接贾谊《过秦三论》、柳宗元《西山八记》，分之则一篇自为首尾，合之则数篇自为首尾。时文之快且多，无有如陈际泰者！录《大学》"欲齐其家者先修其身"题文曰：

> 家取则于身，故君子谋所以齐之者焉。夫以不德之身，强行于物，即家且先格矣，岂能齐乎！且夫家之难齐，甚于国之难治也！所谓甚于国者有二：国者，威权之所可驭也；用恩之地，而威权之分失矣！国者，耳目之所不接也；匿就之人，而耳目之际真矣！威权不得而施，则反其道乃可以相易。耳目不得而匿，则益其事乃足以相当。其必先修身乎！一家之中，其为贤不肖者，不一而足。齐之者，将使人人有士君子之行。夫狭邪淫比，禁之而不止者，无术以主之也！吾修吾身，言必称先王，动必稽古昔；则作事可法，而无自恣其偷越之思；故其子弟之教，不肃而成！一家之中，其爱恶相攻者，亦不一而足。齐之者，将使人人有秉礼度义之意。夫诟谇嚣陵，调之而愈梦者，无道以御之也！吾修吾身，情欲之感，无介乎仪容；晏安之私，不形于动静；则用情正大，而无自开其偏溺之端；故其起伏之情，不剂而平！夫治家以和者，固不以乖戾致恩义之暌；而其弊或致于无节！治家以严者，固不以蓺狎致妇子之嬉；而其弊或致干不乐！故齐家莫修身若也！身修，固去其和与严之名，而兼平和与严之利者乎！盖《关雎》《麟趾》之休，本于文德；而风火利贞之义，究归言行；然则欲齐其家者，其所先盖可知矣！

际泰文于四家中最奇横如风发泉涌，兔起鹘落，而此独体质纯茂，又变其平日纵横跌宕，而一归于经术。理题文，前此多直用朱熹《集注》以诂之；至际泰出，乃挹取群言，自出精义，与相发明；故能高步一时，终莫之逾也！自言："余文数变；然其意皆以一己之精神，透圣贤之义旨为旨；而所独得者乃在分股。前人定为八股者，言之不已，而再言之，明为必如是而后尽也。若每股合掌，则四股可矣，何必八股哉！而吾则对股与出股一字不同，对股既严而后出股不苟；然不合掌，又非于题外求不合掌也。文未至于一字不移，是八寸三分头巾，随人可戴也；病又不在世俗合掌下。必明于此，而后文始刻，始高，行文之手始快。至于微远以取致，博奥以取理. 所谓加务善之，而所要不存焉！"

艾南英少负异才，倡其同志为四大家稿，名动海内；而泛舟吴越间，以文赘者如云，总束而庋于几；每当风日清美，纵棹明湖，酒酣兴至，开评圈乙，出其甲者特置之艇尾。侦者得，走报各家曰："某某文中选矣！"趋贺者倾闻，筵晏累目。于时与选者，几如登第之荣。而南英一老诸生，力肩斯文，裁成振作，一时风气，遂为所移！顾持论刻核，亦以树敌。复社为太仓张溥、杨枢等所结，而宜兴周钟为之长，尝自镌《经翼》诸选，比之咸阳国门之书。南英力讥贬之，语见所选《明文定》中。然以文论，南英文无一语不原本经传，却不用一经传语，补题之妙，皆王鏊、钱福旧法，而出以朴质坚辣，非王、钱所及；钟则气体阔大，骨力平庸，诚不足以当南英之一映！几社则创自陈子龙，附者尤众；其学好读《文选》，务怪奇务藻思；独包尔庚有峭拔之笔，文情摇曳；则为子龙所不喜，而同社不贵也！南英尤斥子龙，与际泰及章世纯、罗万藻相砥砺。几社中人忌之，为驳四家文以解，故为抑扬；际泰、世纯不悦，故四家之交，合而不终；而世纯亦折而入几社。南英势孤，意有郁绐不得摅，乃发愤拈《孟子》曰"无伤也"题，为文以见意曰：

知人言之不足恤，而人当自信矣！夫礼义之或愆，则所患也；彼不理于口，是何伤哉！闻之曰：伤人以言，甚于戈矛；此特世俗之常情，而非所论于君子也！子告我曰：大不理于口，忧谗畏讥之心，何皇皇耶！夫君子视躬，何至以心为垢府；然有人于此，终其身无讹误可摘者，其中亦可疑也！君子涉世，何至以身为诟端；然有人乎此，终其身无毁言能加者，其品亦可知也！子之不理于口，吾直以为无伤耳！闻世俗之繁言，而爽爽然惊，规规然自失；此怯胆也！夫丈夫固当有相旷之怀，宁使有瑜有瑕，不甘无举无刺；谣诼之口，何足介其念也！患物议之相侵，而平情以合污，辍行以弭怨，此俗肠也；夫丈夫固当有超胜之韵，尊之圣贤不喜，呼之牛马不怒，诗张之舌，何足动其衷也！嗟乎！何物庸众，而能誉豪杰也，谤固其所耳！一忌而欲杀，一恶而欲死，吾以闲心观焉，天下有可解颐如此者哉！嗟乎！何物庸众，而敢誉豪杰也，毁固其分耳！造谗者手足俱乱，吠声者耳目若狂，吾以冷眼视焉，天下有可鼓掌如此者哉！故褊衷者闻谤若刺于肌肤；而冥之以至理，则群声汹汹，犹婴儿之啼呼也！何相忤也！盛气者闻毁不安于梦寐；而对之以达观，则群口嗷嗷，犹鸟兽之鸣号也！何相怒也！夫为士者，识欲其超，骨欲其劲；以天下誉之，夷然不屑；以天下非之，倘然不顾。若夫忧谗畏讥，则妾妇之事也！

有笑有骂，亦愤极而为旷达之言。世论以八股代言，比之优孟衣冠，啼笑皆非其真；如此之感慨激友，亦何尝不出于性情之真也！性不俛仰随俗，而清刚之气，贯注行墨；遭时丧乱，跋履间关，同时名士，狼藉载路；而南英独视死如归，游说万端，终莫之屈；不愧为笃信好学，守死善道者矣！又明之亡也，满洲入关以主诸夏。而宁化邱义字明大者，崇祯末，补诸生；易代后，义不就试。其父诘之。对曰："世代既变，人心亦变，即文字亦变。以前文应今试，徒取黜辱，无益！"父曰："不必言遇合，但功令不许不应试耳！"义乃就试，题为《大学》"之其所哀矜而辟焉"，义乃振笔直书以抒黍离之恫曰：

> （破题承题佚）当可哀可矜之世，必无不哀不矜之人。世有
> 辟于哀矜之人，必世有不胜哀矜之事也！今夫无怙无恃，哀之至
> 也！乃至宗庙邱墟，鼎社迁改，哀又过之！《诗》所谓"哀恫中
> 国，具赘卒荒"，是也。更取父母之遗体而毁伤之；取圣王之冠
> 裳而灭裂之；哀哉，维今之人，不尚有旧哉；鳏寡孤独，矜之
> 至也！乃至天潢沟壑，宫闱泥涂，矜百倍之！《诗》所谓"爰
> 及矜人，哀此鳏寡"，抑末矣！更取匹耦而秽乱之，夫鳏而妻不
> 寡；取耄倪而仆隶之，父独而子不孤。哀哉，倬彼昊天，宁不我
> 矜哉！乃哀未毕也而和悦继之；髡钳之不为辱，呼嗟之不为愤；
> 即屠门覆祀，不敢仇也！矜未毕也而安乐继之；谓他人父而忘其
> 孤，谓他人夫而忘其寡；他人不子不妻而奴婢之，不悔其贱也！
> 此之谓失其本心！故曰："哀莫大于心死，而形死次之。"吾哀夫
> 当哀而不知哀者！又哀夫己不能自哀，而反哀他人之哀者！又哀
> 夫己不哀而反禁人之哀者！又哀夫恣胸行臆，挤人于可哀可矜，
> 而自为愉快者！又哀夫助虐相淫，陷万家于可哀可矜，而仅奉一
> 人欢笑者！盖至此而荼毒攒心，无可告诉，徒饮痛衔恤而已！岂
> 非之其所哀矜而辟乎！

怨恫愤盈，溢于纸墨。提学道闵度阅而判曰："文心如此，何
必应试！除名免责。"榜揭而诸生哗然，取原卷争相传写，一
时纸贵；亦可见人心不死，情到真处，无不感孚也！虽然，
哀莫大于心死，当哀而不知哀，尤岂独明清易代之际也哉！
生今之世，以若所为，殆有甚焉，耗矣哀哉！用以卒吾篇。

明代八股文选本，如苏苞九《甲癸集》，捃摭之多，至
一百二十四种。黎淳《国朝试录》六百四十卷，辑成化以
前之文，邱浚为序。而《四书程文》二十九卷，亦明初举
业程式，见《明史·艺文志》，不载选者姓氏。然而恢闳其
义，足为准绳者，要不得不推艾南英为宗匠；其所选《明

文定》《明文待》诸书，大纲既举，众目具张，黜富强而归于王，辨祥墨而宗于儒，究周秦议论之失，斥汉唐训诂之浮，一代风气，皆其论定。然犹不如后来俞长城所选《百二十名家》稿之备；自宋王安石、苏辙以迄清初诸家，其所持择，不名一格，每人各序出处于简端，皆忠义文章之士，其人品佥壬者不与焉；用功甚巨，用心甚深。见者谓其以史法论文，五百年之文，即可以当五百年之史，亦洋洋乎大观也哉！